新潮文庫

深夜特急 3

―インド・ネパール―

沢木耕太郎著

目次

第七章　神の子らの家　インドⅠ……7

ガンジーが「神の子」と呼んだ最下層の人々の子供たち。彼らのための孤児院であり、学校であり、職業訓練所でもあるアシュラムで、私は〝物〟から解き放たれてゆく……

第八章　雨が私を眠らせる　カトマンズからの手紙……131

ここカトマンズでは、旅の途中でひとり、またひとりと若者が死んでゆきます。ハシシを吸い、夢とうつつの間をさ迷いはじめると、恐怖感は薄いヴェールに覆われて……

第九章　死の匂い　インドⅡ……157

ベナレスは、命ある者の生と死が無秩序に演じられている劇場のような町だった。私はその観客として、日々、遭遇するさまざまなドラマを飽かず眺めつづけていた……

［対談］十年の後に　此経啓助　沢木耕太郎

あの旅をめぐるエッセイⅢ

深夜特急3

―インド・ネパール―

第七章　神の子らの家

インドI

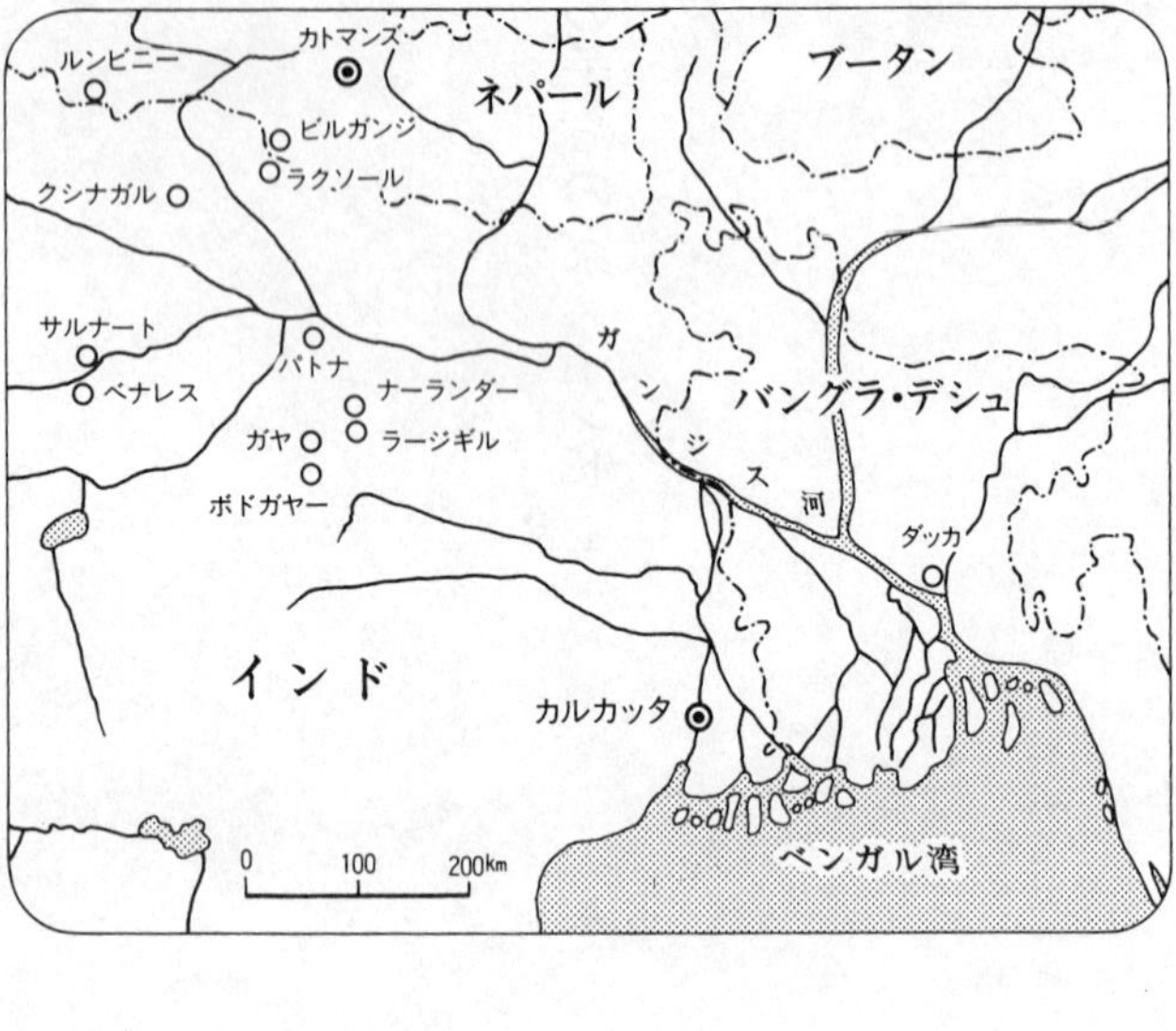

カトマンズ
ルンビニー
ネパール
ブータン
ビルガンジ
ラクソール
クシナガル
サルナート
パトナ
ベナレス
ナーランダー
ラージギル
ガヤ
ボドガヤー
ガンジス河
バングラ・デシュ
ダッカ
インド
カルカッタ
ベンガル湾
0
100
200km

1

インド航空機が、暗い闇《やみ》の底に沈んでいるようなカルカッタのダムダム空港に降り立ったのは、予定より一時間ほど遅れて午後八時半を少し廻《まわ》った頃《ころ》だった。

香港もバンコクも湿気の多いねっとりとした暑さだったが、カルカッタの暑さはそれよりさらに重く粘りけがあるようだった。空港ビルに入っても、冷房がきいているのかいないのか少しも涼しくならない。

入国の手続きはいたって簡単だった。ものの十五分もかからないうちにターンテーブルの前まで来ることができた。私は自分の荷物が出てくるのを待ちながら、とにかくインドに辿《たど》り着いたのだという、喜びと不安がないまぜになったささやかな感慨に耽《ふけ》っていた。

……シンガポールの日本人墓地でカルカッタへ行こうと思い決めてから、実際にこのカルカッタ行きの飛行機に乗るまでの何日かは、めまぐるしいくらいに忙しかった。

ひとたびカルカッタという街の名が頭の中に棲《す》みついてしまうと、もう一日も早く行きたくなってしまった。そのための最も手っ取り早い方法は、新たにシンガポールからカルカッタまでの航空券を買うことだったが、しかしそれでは私が持っているバンコクからデリーまでの航空券が無駄《むだ》になってしまう。私はその日のうちにオーチャード・ロードの旅行代理店へ行き、新たに航空券を買うことと、いったんバンコクへ戻って持っているチケットを有効に活用するのとどちらが安上がりか調べてもらった。それによれば、たとえ国際列車で三日がかりで戻ったとしても、新規に高い航空券を買うよりはるかに安く上がるらしい。もっとも、持っているチケットを活用するといっても、それにまったく問題がないわけではなかった。果して、バンコク―デリーのチケットをバンコク―カルカッタに換えてくれるかどうか、確かなことはまったくわからなかったからだ。チケットを見ると、「変更不可」と書き込まれている。しかし、こちらは遠くに行きたいというのではなく、近く、それも半分くらいの距離のところに行きたいというのだ。なんとかならないこともないだろう。私は簡単で確実な方法ではなく、とにかく金のかからない方を選んだ。いささか大袈裟《おおげさ》な言い方をすれば、賭《か》けたのだ。

翌日、親しくなった特派員の一家に別れを告げ、シンガポールの鉄道駅からバンコクに向かうインターナショナル・エクスプレスに乗り込んだ。朝の八時に出発して、着いたのが二日後のやはり朝の七時。一カ月もかけて歩いた土地を僅《わず》か四十七、八時間で走り抜けたことになる。

私はバンコクに着くと、その足でシロム通りにあるインド航空の支店へ向かった。ルート変更の交渉は、だが予想以上に難航した。チケットに「ノット・ヴァリアブル」と書いてあるではないか、というのがカウンターの女性の言い分であり、それはまったく正当だったのでこちらとしても反論のしようがなかった。しかし、それでハイと引き下がっては、バンコクに戻ってきた甲斐《かい》がない。私は必死に粘った。

カウンターの女性は断固として譲ろうとしない。その強硬さに、私も一時は諦《あきら》めかけた。距離を短かくするのだからいいではないか、というのはあくまでもこちらの勝手な理屈であり、チケットに変更できないと書いてあるのだから変更するわけにはいかない、という彼女の論理を打ち破れるほどの説得力はなかった。

途方に暮れていると、そこに彼女より上級の職員らしい恰幅《かっぷく》のいいインド人の男性が姿を現わした。彼はカウンターの女性から事情を聞くと、それはやはり難しいとでもいうように私に向かって首を振った。だが、彼が出てきてくれたのはこちらにとっては幸運だった。彼の方がその女性よりはるかに話が通じやすそうだったからだ。このチャンスを逸したらカルカッタまでの航空券を買わなくてはならない羽目に陥《おち》いってしまう。私は頭で懸命に英語の文章を組み立て、臆面《おくめん》もなく並べ立てた。

私はインドからバスに乗ってロンドンへ行こうと思っている。その目的にとってはデリーからでもカルカッタからでも大した違いはない。しかし、ここからデリーへ直接行ってしまえば、私はインドの大半を見ないまま前に進んでいくことになるだろう。ほんの一部をかすめただけでインドという国を判断してしまうかもしれない。カルカッタに行くことができれば、デリーに着くまでインドをゆっくり見て廻ることができる。あなたは自分の愛する国を異国の若者に見せたいとは思わないか。それとも、見られるのがいやなのだろうか……。

我ながらよく言うぜ、と頭の片隅《かたすみ》で思いながら長広舌をふるっていると、彼がにやりとして言った。

「わかった、変更しよう。私もカルカッタの出身だ。ベンガルがどれほど素晴らしい土地かを見てもらうのは、こちらとしても望むところだ」

そして彼は、ただし、と付け加えた。

「距離が短かくなった分の運賃の差額は、請求しないでくれないだろうか」

差額をもらうなど考えもしなかった。もちろん、と私は勢いよく答えた。チケットを書き換えてもらい、礼を言って出ていこうとすると、彼は突然、流暢《りゅうちょう》な日本語で話しかけてきた。

「我妻先生はお元気でしょうかね」

私が驚くのを楽しみでもするように彼はさらに言った。

「私は、東京大学で我妻先生に法律を習っていました」

我妻先生とは『民法大意』を書いたあの我妻栄のことだろうか。彼に訊《たず》ねると、そうだと答える。こちらも大学時代に、教科書として『民法大意』を使わされたことはあるが、その民法の大学者に直接教えてもらったわけではない。

「さあ……」

私が首をひねると、彼はさほどその質問に執着するでもなく、そうですか、とあっさり引き下がった。しかし、彼が日本語が堪能《たんのう》だとわかると、奇妙なことに、さきほど自分が臆面もなく英語の能書きを並べ立てたことが急に恥ずかしくなってきた。外人相手に下手な英語を使っているのを、横で日本人に見られた時のような恥ずかしさだった。

そそくさとそこを出てから、彼が本当に東大で我妻栄に習ったのかどうか、疑問に思えてきた。我妻栄に直接教壇の上から講義を受けたにしては若すぎたからだ。あるいは、それは日本人の度胆《どぎも》を抜くための、彼の得意のジョークだったのかもしれない。我妻先生はお元気ですか、といきなり言われても、弟子でもない日本人にわかるわけがない。日本人の東大崇拝を逆手にとって、日本人を煙にまいては面白がっているだけなのかもしれない。そうだとすれば、私もまたうまくからかわれたということになる。

だが、いずれにしても、私は彼のおかげでカルカッタへ飛ぶことができるようになったのだ……。

ターンテーブルが動き出し、荷物が流れはじめた。私は自分の薄汚れたザックが出てくるのをぼんやり待っていた。

「市内ですか？」

背後で声がした。しかし、それが自分に向けられたものだとは思わなかった。

「市内に泊まるんですか？」

繰り返された言葉が日本語だということに気づいて、私は初めて後を振り向いた。するとそこには、私とほとんど同年配の日本人の若者が、不安げな様子でぽつんと立っていた。サファリ風の半袖《はんそで》シャツにコットンのスラックス、着ているものから判断するかぎりでは、かなり真っ当な旅行者のようだ。髪もきちんと分け、眼鏡をかけている。

何か用ですか、というような顔を向けると、彼は少し表情を緩めて言った。

「今夜はカルカッタの市内に泊まるんですか？」

「ええ、そのつもりですけど」

「ホテルは決まっているんですか？」

「別に……」

その答を聞いて、彼はがっかりしたようだった。

「そうですか……」

どういうことなのか少し気になった。

「ホテルがどうかしましたか？」

今度は私が彼に訊ねる番だった。

「いや、もし決まっているのなら、一緒に連れていってもらおうかと思って……」

そういうことだったのか、と納得した。

「日本を出てくる時には、着けば着いたでどうにかなるさなんて考えていたんですけど、いざ着いてみると心配になってきて……夜ですしね」

私にしてもこんな夜遅くひとりで宿を探さなければならないのは初めての経験だった。タイのチュムポーンに着いた夜も遅かったが、あの時は土地の若者たちが案内してくれた。昼には簡単なことでも、夜になると存外難しいことがある。しかし、インドの、それもカルカッタで、その日の宿が決まっていないということが、私には少しも不安ではなかった。彼の台詞《せりふ》ではないが、どうにかなるさ、と思っていた。

「でも、今夜はどうするんです？」

そう言われても、具体的には何も浮かんでこない。ここを出たらツーリスト・インフォメーションに寄って情報を仕入れようと思う。考えるのはそれからだ、と私は答えた。

「それでうまく見つかりますかねえ」

彼が心配そうに言う。その口ぶりには、いかにも私を頼り切った気配がうかがわれた。困ったな、と思った。自分ひとりならどうにでもなるが、このような真っ当な旅行者と一緒ではどうしても臨機応変というわけにはいかなくなる。泊まれる宿も制約され、足元を見透かされてしまうだろう。

その時、ターンテーブルに私のザックが出てきた。ちょうどいいタイミングだった。私は、では、と言ってその場から離れようとした。ところが一瞬早く彼が言った。

「できたら、同じホテルに泊めてくれませんか」

頼まれてしまえば、断るわけにはいかない。私は仕方なく、ええ、と答えざるをえなかった。さて、それではどうしよう。ザックが近くに流れてくるのを待ちながら、頭を忙しく回転させはじめた。

「泊まるところ、決まってないの？」

背後で声がした。しかも、また日本語だ。振り返ると、やはり私たちと同じくらいの年格好の若者が立っている。がっちりした体格の、ラフな服装をした日本人だった。

「……そうなんですよ」

眼鏡の若者が答えた。

「だったら、僕のホテルに来るといい」

「わあ、それはありがたい」

私が口を開くより先に、眼鏡の若者が嬉《うれ》しそうな声を上げてしまった。彼がどういう人物で、そのホテルがどんなところなのか、何もわかっていないのだ。私は眼鏡の若者の軽率さが少し腹立たしかった。

「どうせだから僕の部屋に泊まるといい」

「僕の部屋？」

さすがに眼鏡の若者も奇妙に思ったらしく、不思議そうに訊《き》き返した。

新たに声を掛けてきた若者が、私と眼鏡の若者に向かって説明したところによれば、こういうことのようだった。

彼は、本来、バングラ・デシュのダッカへ行くことになっていたが、飛行機が一時間遅れたため乗り継ぎに失敗してしまった。ダッカ行きの便は明朝までなく、どうしても今夜はカルカッタに泊まらざるをえなくなった。当然それは航空会社の責任なので泊まるところを用意してもらったが、どういうわけかオベロイ・グランドという超一流のホテルを取ってくれることになった。あのホテルの部屋はどれもひとりで使うのはもったいないくらい広い。どうせタダなのだから一緒にきて泊まったらいい、と言うのだ。あまりにもうますぎる話だが、冗談を言っているとは思えない。

「しかし、それは君ひとりのためのものだろう？」

私が半信半疑で訊ねると、眼鏡の若者も疑わしそうに呟《つぶや》いた。

「一流ホテルで、そんなことができるかなあ」

だが、彼は私たちの言葉など意に介さず軽く言ってのけた。

「平気さ」

「あとでトラブルなど起きないだろうか」

「そう、あとで料金を払えなんて言われたら眼も当《あ》てられないからね」

「大丈夫。ホテルがくれるのは一部屋なんだから、何人で泊まろうがこちらの勝手さ。堂々と入っていけば誰も文句は言わないよ」

そんなに事がうまく運ぶとは思えなかったが、悪くない話だった。

「いいなあ、助かったなあ」

眼鏡の若者はすっかり乗り気になっている。私としては、ほんの少し前にその申し出を胡散臭《うさんくさ》く思った手前、簡単に受けるわけにはいかないような気がしていたが、ダッカ行きの若者に他意はないようだった。

「そうさせてもらおうよ」

眼鏡の若者が私に同意を求めるように言った。私が頷《うなず》くと、ダッカ行きの若者が言った。

「じゃあ、荷物を拾って、とにかく外に出よう」

入国の審査と同じく、税関の検査もさほど厳しくなかった。

ロビーに出ると、すぐにタクシーの客引きに取り巻かれた。彼らは抜け目なさそうに眼を光らせながら、口々に「タクシー?」と叫んでいる。

「ノー」

とりあえずそう言って追い払おうとすると、ダッカ行きの若者が笑いを含んだ声で彼らに話しかけた。それが英語ではなく、この土地の言葉らしいことに驚かされた。

「凄《すご》いね」

私が言うと、彼は別に誇るでもなく卑下するでもなく呟いた。

「何度も来てるからなあ」

私は彼を見直した。並の旅行者では、いくら何度も来たことがあるからといっても、これほど流暢に話せはしない。

私も、眼鏡の若者のようにこの若者にすべてを委《ゆだ》ねてみようかな、と思いはじめた。彼は客引きのひとりと値段の交渉をしていたが、ようやく話がまとまったらしく、その男を伴ってインド航空のカウンターへ行った。タクシー代を肩代わりしてもらうのだという。

「この男のタクシーでオーケーらしい。さあ、行こう」

しばらくして戻ってきた彼が言った。一緒に外に向かいかけて、私はまだ両替をしていないことに気がついた。香港でも、バンコクでも、うっかりそれを忘れてうろたえたことがある。両替してくるのでしばらく待ってくれないかと頼むと、ダッカ行きの若者がここで替えるのなら少しにしておいた方がいいと忠告してくれた。明日にでも街に出れば闇ドル買いが向こうからやってくるだろう。彼らの方が銀行よりレートはいくらかいいはずだ。一ルピーは百パイサ。闇でもせいぜい一ドルにつき数十パイサしか違わないだろうが、インドではその数十パイサが信じられないほどの価値を持つのだ……。私はその忠告に従って替えるのを十ドルにとどめた。

外で待っていたタクシーは黒塗りの大型だったが、とてつもないオンボロ車だった。荷物をトランクに詰めこみ、固い座席に坐ると、まるで壊れかかった棺桶《かんおけ》にでも入ったような気分になった。

しかし、とにかく車は走り出し、ホッとしたところで、私たちは互いに名前を名乗りあった。

眼鏡の若者は東北の医大生だった。夏休みを利用して初めての海外旅行に出てきたのだという。私は驚いた。彼が医大生だということにではなく、もう大学では夏休みのシーズンに入っているらしいことにである。知らないうちに日本では夏になっていたのだ。

一方、ダッカ行きの若者は、大学を放《ほう》り出し、バングラ・デシュに通いつめているということだった。パキスタンから独立はしたものの依然として飢餓と疫病《えきびょう》に悩まされつづけているバングラ・デシュのために、ボランティアを組織し、新しい農村づくりに協力しているのだという。今度の帰国も日本での資金集めが目的だったらしい。なるほど、それで言葉がうまい理由がわかった。

その間にも、タクシーは暗い夜道を、車体をガタガタいわせながら走っていく。郊外からしだいに街の中に入ってきたらしいことはわかるのだが、およそ照明だとかネオンだとかいうものが見当たらない。街は無声映画の中の光景のように静まり返り、ほのかに漏れてくる民家の灯《あか》りは闇《やみ》の深さを際立《きわだ》たせているだけだ。

「そろそろかな」

ダッカ行きの若者が言った。しかし、とうてい繁華街に近づいているとは思えない。

「そのオベロイ・グランドというホテルは、いったいどんなところにあるんだい？」

私が不安になって訊ねると、彼はいともあっさり答えた。

「チョーリンギー通り。カルカッタでいちばん賑《にぎ》やかな通りさ」

我々は本当にそんなところに向かっているのだろうか。

ひとつの角を曲がると、辺りは急に暗くなり、タクシーはスピードを緩めた。道は暗く、人はいない。どうやらこの一帯は停電しているらしい。ゆっくり走るタクシーの窓から、民家の奥で揺らめくローソクの炎が見える。そして眼を凝らすと、無人と思えていた路上には、腰を下ろし、うずくまり、あるいは横たわり、沢山の男たちがいた。道の脇《わき》を歩いている男は、黒い皮膚が闇に溶け、白い衣服だけが動いているように見える。車の前を横切った男が不意にこちらに顔を向けると、ヘッドライトに照らされて闇の中で眼だけが赤く光る……。

私はゾクゾクしてきた。その瞬間、これは香港に初めて着いた時の経験と不思議なくらい一致しているということに気がついた。着いたとたんに見知らぬ人から声を掛けられ、いつの間にか車に乗ることになってしまい、どこをどう走っているのかもわからないまま宿に向かう。そして、公司とか大廈とかいった漢字の看板が林立する香港の街の中を走った時も、不安とは別に体の奥底から湧《わ》きあがってくる興奮を抑え切れなかったが、今またその派手で賑やかな街とは打って変わった暗い街の中で同じような興奮を覚えている。

タクシーは、広い通りに面した、古い構えのホテルの前で停《と》まった。暗いせいもあるが、外観だけからはさほど高級なホテルとは思えない。

るところが中に入ると、決して豪華ではないが、内装にはそれなりの威厳を感じさせるものがあった。ダッカ行きの若者は、ロビーでしばらく待っていてくれないかと言い残し、フロントに近づいて行った。私と東北の医大生は、もしだめだったらどうしよう、などと弱気になりながら彼を待った。

しばらくして、彼はポーターとにこやかに話しながら戻ってきた。どうだった、と医大生が小声で訊ねると、彼が怪訝《けげん》そうに訊きかえした。

「なにが?」

「僕たちも泊まれそう?」

それを聞くと、つまらないことを心配しているもんだ、というように笑いながら言った。

「もちろん。さっきから大丈夫と言っているじゃないか」

急に彼が頼もしげに見えてきた。

そして、ポーターが案内してくれた部屋を見て、それはほとんど尊敬の念に近いものにまでなってしまった。

部屋に足を踏み入れたとたん、私は思わず声を出してしまった。

「凄いじゃないか!」

それは実に豪華な部屋だった。

扉《とびら》を開けると、まずクローゼットのついている小部屋があり、次の扉を開けると居間風のしつらえの大きな部屋がある。そこにはソファとテーブルのほかにシングルのベッドがひとつ用意されているが、さらにその奥のメイン・ベッドルームにはダブルのベッドが二つゆったりと置いてある。まったくこれではひとりでは広すぎる、ソファを使えば十人だって泊まれそうだ。

医大生も興奮して部屋中を歩き廻《まわ》っていたが、ただひとりダッカ行きの若者だけは、前に一度泊まったことがあるとかで、特に感動もないらしく鷹揚《おうよう》にソファに坐《すわ》っていた。

ベッドルームのダブルベッドをダッカ行きの若者と医大生が使い、居間のシングルベッドを私が使うことになった。それぞれのベッドが決まり、なんとなく落ち着いたところで、ダッカ行きの若者が言った。

「ビールでも呑《の》みにいかないか？」

「呑めるの？」

「もちろんさ」

彼の返事は意外だった。イスラム教ほどではないにしても、このヒンドゥー教の地のインドでは、ほとんど酒は呑めないものと覚悟していた。ましてビールなど考えもしなかった。しかし、この暑さだ。呑めるものなら、まさにビールこそ呑むのにふさわしい。

「呑むとしたらどんなところで？」

「酒場さ。外に行けば、安く呑ませるところがいくらでもある」

私たち三人はシャワーを浴びる前に、とにかくビールを呑みに出かけることにした。私としても、寝る前にカルカッタの街を歩いてみたかったので、ちょうどよかった。

外に出ると、重くねっとりした湿気に体を包まれる。少し歩いただけでじっとりと汗をかきはじめる。暑い。とにかく暑い。チョーリンギー通りは、カルカッタで最も繁華な通りだというのに、人通りはさほどではない。夜も十時近いせいだろうか。

ダッカ行きの若者は、その大通りを折れ、暗い小道に入ると、相談をもちかけるような口調で言った。

「呑む前に、ちょっと覗《のぞ》いていきたいところがあるんだけど、いいかな」

どこへ寄るのかしらないが、別に酒場へ直行しなければならない理由もない。それだけ街をよく見られるのだから、こちらとしてはかえって好都合だ。

「かまわないよ」

「それならリキシャに乗っていこう」

私と医大生が頷くと、ダッカ行きの若者はそう言って、道の脇の暗がりにとまっている人力車に近づき、声を掛けた。

インドでは人力車のことをリキシャというらしい。日本人にとっては覚えやすい呼び方だ。ダッカ行きの若者は、そのリキシャの車夫とふたことみこと喋《しゃべ》っていたが、やがて話がまとまったらしく、私たちの方に向き直って言った。

「近いんだけど、夜でもあるし、三人だしするから、みんなで一ルピーずつ出してやろうと思うんだけど、どうだろう」

「一ルピー出すのはいいけど、一台に三人も乗っていけるのかい？」

私には無理なように思えた。悪いことに、私たちは三人が三人とも、百八十センチ前後の、日本人としてはかなりの長身ぞろいだった。しかも、リキシャの前に立っている男は、頰《ほお》がげっそりと落ち、シャツの下では肋骨《ろっこつ》が浮き立っているのではないかと思われるような痩《や》せ方をしている。

「引っ張れるかな」

医大生もかわいそうではないかという響きをこめて言った。

「それが仕事だからね」

「でも……」

医大生がなおも言いつのろうとすると、ダッカ行きの若者がかなり強い調子で言った。

「かわいそうだからって、乗らなければ、彼には一ルピーも入ってこないんだよ」

「そうか……」

「それにね、なんといったって、彼らはプロだからね。僕らの三人くらい簡単に引っ張っていくさ。一家七人をまとめて乗せて、人通りの激しいバザールをスイスイと走り抜けていくんだからね」

彼が言った通り、私たちが狭い座席に重なるようにして坐ると、その痩せた人力車夫は、最初こそ苦しそうに地面を蹴《け》っていたが、すぐに安定した足取りになった。

暗くてどんなところを走っているのかさっぱり見当もつかない。カルカッタの街の第一印象はとにかく暗いということに尽きた。暗い。しかし、眼が慣れてくると、その深い闇の中に蠢《うごめ》くものがあることが見えてくる。人間だ。道の傍《かたわ》らに薄汚れた布をかぶり、海老《えび》のように体を丸めて横たわっている。ここにも、あそこにもいる。

やがて、古ぼけた二階家の前でリキシャがとまった。ダッカ行きの若者がひとこと言うと、車夫はその家に近づき、扉をノックした。中から、やはり痩せた若い男が顔をのぞかせ、私たちを見て、入ってこいと指で合図した。

ここがどういう場所かおよその見当はついた。タイのチュムポーンの曖昧宿《あいまいやど》の造りとよく似ていたからだ。

リキシャの車夫は、金を受け取ると、何も言わずに走り去った。

ダッカ行きの若者にうながされて、私も医大生も中に入った。

扉の向こうはやはりすぐに階段になっており、細く急な階段を上がっていくと、途中の踊り場に裸電球がひとつぶら下がっている。灯《あか》りといえばそれだけの薄暗さだった。

二階に上がると、饐《す》えたような臭《にお》いが鼻をついてきた。香辛料と脂粉と体液とが混《ま》ざり合ったようなきつい臭いだ。

そこに、これはよく太った、この家の主らしい親父《おやじ》が出てきた。私たちの顔を見て、親父は戸惑ったような表情になったが、ダッカ行きの若者が流暢なベンガル語を話し出すと、すぐに了解したらしく、奥の部屋から女を連れてきた。私はその三人の女を見た瞬間、喉元《のどもと》に吐き気のようなものがこみあげてくるのを覚えた。

彼女たちが醜かったのではない。その顔と体が異様なほどアンバランスだったのだ。背丈は私たちの胸ほどもない。小柄《こがら》というのとも違う。まだ充分に発育しきっていないのだ。顔だけから判断すれば十代の、それもなったばかりの年齢に見える。毒々しく化粧はしているが、その下の素顔には幼女のあどけなさが残っている。ところが、首から下の体は四十すぎの中年女のように熟し、ほとんど崩れかかっている。なによりも異様だったのは、その臀部《でんぶ》だった。青やピンクのサリーをまとってはいるが、腰から尻《しり》にかけてが体全体のバランスを失するくらいに膨らんでいるのがわかるのだ。異常に発達している。そのアンバランスさが、内部の臭いとあいまって、私に吐き気を催させたらしい。

「この子たちはいくつくらいなんだろう」

私が誰にともなく呟《つぶや》くと、ダッカ行きの若者が親父に訊《き》いてくれた。

「この親父は十六歳だと言っている」

「まさか……」

医大生が呻《うめ》くように言った。

「そうだな、十二、三歳がいいところかな」

ダッカ行きの若者も同意した。

「それも、何年も商売をしてきたような体つきをしてる」

私が眉《まゆ》をひそめるようにして言ったのを、女に対する不満と取ったらしく、親父は奥から別の女を二人連れてきた。彼女らは前の女たちよりさらに幼なそうだった。私は東南アジアの売春宿では決して感じなかった陰惨さを感じた。ここに比べれば、ペナンの宿など天国のようなものだ。

親父がベンガル語で何か言った。その台詞《せりふ》をダッカ行きの若者が苦笑しながら説明してくれた。

「値段はひとり四十ルピーだそうだ。この親父、俺《おれ》たちが外国人だと思って、相当ふっかけてきてる」

一ルピーが約三十五円だから、千五百円にも満たない額だったが、彼によればそれでも高すぎるという。

その時、眼《め》の前の小部屋から女が出てきた。少し遅れて客らしい男が出てきた。男は私たちを見ると、一瞬驚いたようだったが、そのまま黙って階段を降りていった。

しかし、そのあとでよく見ると、彼らが使っていた場所も、とうてい部屋などと呼べた代物《しろもの》ではなく、単に廊下をベニヤ板で囲い二畳くらいに仕切っただけのものにすぎなかった。天井などなく、声も筒抜けという安直さだった。

「どうする？」

ダッカ行きの若者が私たちに向かって訊《たず》ねた。

「俺は結構。ひとりでも帰れるから、存分に楽しんできてくれ」

私が言うと、医大生もげんなりしたように言った。

「僕もいいや」

すると、ダッカ行きの若者も気が変わったのか、ずいぶんあっさりと言った。

「それじゃあ、引き上げようか」

彼が、今夜はやめておくよとでも言ったのだろう、何か早口で告げると、親父はなんだ馬鹿《ばか》ばかしいというように手を振った。

夜道を今度は歩いて酒場に向かった。

私たち、とりわけ私と医大生は口数が少なくなっていた。

酒場に入り、待望のビールが出てきても、なかなか会話が弾んでこなかった。ビールが生温いということもあったが、それ以上に、いま見てきたばかりの売春宿の凄《すさ》まじさに圧倒されていたのだろう。ダッカ行きの若者は、そんな二人の様子を面白そうに眺《なが》めている。

あるいは、彼は最初から女を買うつもりなどなかったのかもしれない。なかば面白半分、なかば好意から、インドへの第一歩を踏み出した私たちに、彼なりの方法で洗礼を施してくれたのかもしれないのだ。

　インド国産のビールを一本ずつ呑んだ。勘定はそれで三十ルピー、ひとり十ルピーあてだった。

　酒場を出て、ホテルに戻る道を辿《たど》りながら、医大生が呟いた。

「ビール四本分か……」

　彼が言いたいことは訊かないでもわかった。私も同じことを考えていたからだ。

「ホテルのあの部屋、普通に借りたらいくらくらいするんだろう」

　私はダッカ行きの若者に訊ねた。

「四、五百ルピーじゃないかな」

「そうか、十倍か……」

　そう口に出した瞬間、突然、躓《つまず》いて転びそうになった。酔っているわけではなかった。左足が動かないのだ。凄《すご》い力で足首を摑《つか》まれている。振り返ると、路上に這《は》いつくばった老人が、片手で私の足首を摑み、必死の形相《ぎょうそう》で見上げている。私は思わず声を上げそうになった。

2

眼が覚めたのは私がいちばん早かった。

時計を見ると、六時になったばかりだ。顔を洗い、歯を磨《みが》いても、まだ彼らは起きてこない。私はどうしても外へ出てみたくなった。彼らが起きた時、昨日会ったばかりのひとりが姿を消していたら、きっと不安に思うに違いない。だが、それも私のベッドの横にまだ荷物が置いてあるのを見ればわかってもらえることだ。

エレベーターでロビーに降り、ホテルの前の通りに出て、私は思わず嘆声を洩《も》らしてしまった。歩道にインドの人々が往きかい、車道に自動車やバスが走っていることには驚かなかったが、その両方を白い牛たちが自由自在に歩き廻っているのには、驚きをとおりこして感動してしまったのだ。

なるほど、これがインドってわけなのか。

昨日の夜、ビールを呑んでの帰り道で、突然足を摑まれて息を呑んだ。物乞《ものご》いであることは明らかだった。金を渡さないかぎり、おとなしく手を放すとは思えなかった。力をこめて蹴れば、振り払えないことはなさそうだった。しかし、地面に這いつくばっている老人にそのようなことをするのは許されないように思えた。

私のその気持の動きが手に取るようにわかるらしく、ダッカ行きの若者は微《かす》かに笑いながら、

「どうする？」

と言った。

金をやる気にはなれなかった。この老人に渡したら、これから先、同じような目に遭うたびに、いつでも金をやらなければならなくなりそうだった。金が惜しいのではない、このような脅迫的な方法がいやなだけなのだ。

私は自分にそう言い訳して、しかし蹴りはせず、身をかがめ、両手を添え、自分の足を大根かなにかのように引き抜いた。完璧《かんぺき》にうまくはいかず、引き抜いた拍子に軽く肩の辺りを蹴ってしまったが、それくらいは許してもらえるように思えた。

私が歩き出すと、ダッカ行きの若者が軽い調子で言った。

「まあ、これがインドっていうわけさ」

その時、ぼんやりとではあったが、これからインドを歩き廻るたびに、何度もその台詞を呟くことになるだろうな、という予感がした。

それがもう、次の日の朝にさっそく口を衝《つ》いて出てきてしまったことが面白くもあ

り、これから先が思いやられもした。

チョーリンギー通りから、昨夜の記憶を辿って左に折れ、少し行くと、そこにはもう何人もの路上生活者がいて、ある者は横たわり、またある者は半身をおこしゴミをあさっていた。

下半身の動かない女が、手でいざるようにゴミの小山に近づき、その中から残飯をあさっていると、どこからかふわりとカラスが舞い降り、同じように嘴《くちばし》を突っ込みはじめた。女は追い払う気力もないらしく、黙々と野菜の切れ端のようなものを選《よ》り分けている。人とカラスが一緒にゴミをあさる。これもまたインドのようだった。

路地を抜け、少し広い道に出た。人通りがほとんどないため、差し込んできた陽《ひ》の光にミルク色の朝靄《あさもや》が薄く色づきはじめる様がはっきりと見とおせるその道には、しかし、無数のカラスが我がもの顔にうろついていた。まるでヒチコックの『鳥』の世界そのものだった。なにもしはしないだろうとは思っても、さすがにそこをひとりで歩いていくのには勇気が必要だった。来た道を引き返そうかとも思ったが、なぜかそうはしたくなかった。多分、それも、昨夜の物乞いに対したのと似た気持だったのだろう。いちど迂回《うかい》すれば無限に迂回していかなくてはならなくなる。それがいやだったのだ。私は自分でも気がつかないうちに、インドに対して必要以上に身構え、気負っていたのかもしれない。

不気味だった。カラスが一羽、突然羽ばたきするだけで、跳び上がりそうになった。それでもどうにか、未来の廃墟《はいきょ》のようなその道をワン・ブロックほど歩き、角を曲がって別の小路《こうじ》にはいることができた時には、ホッとしたためむしろ胸が高鳴った。

しばらく行くと、古ぼけた大きな建物の門の前で、ヒッピー風の西洋人が腰を下ろし、のんびり煙草《たばこ》を吸いながら、インド人の男と話をしていた。門の横にリキシャが停《と》めてある。男が商売をひと休みし、油を売っているのかもしれない。

「モーニング！」

私が通り過ぎようとすると、ヒッピーが声を掛けてきた。

「グッド・モーニング」

こちらも慌《あわ》てて挨拶《あいさつ》を返した。

「ずいぶん早いじゃないか」

自分のことは棚《たな》に上げて、彼が言った。いや、なんとなく、と答えようとして、それを英語でなんと言っていいかわからず、口ごもっていると、彼がまた言った。

「ホテルでも探しているのかい」

そう言われて、気がついた。そういえば、今日からさっそく、カルカッタで泊まる宿を見つけなければならなかったのだ。このままオベロイ・グランドに居ついたりしたら、デリーに辿りつく前に日本に帰るはめになってしまう。

「実はそうなんだ。ここらに安い宿はないだろうか」

「いくらでもあるさ。でも、何ルピーくらいのところがいいんだい？」

「さあ……」

そう言われても、相場がわからないので答えられない。

私が答えようもなく困惑していると、白人のヒッピーがさらに訊ねてきた。

「カルカッタに着いたばかりなのかい？」

「いや、着いたのは昨日なんだ」

「昨日の夜はどこに泊まった？」

「グランド」

「グランド？」

ヒッピーはオウムがえしに呟いて、首をかしげた。私は急に落ち着かない気分になった。誰でも知っている有名なホテルだと思っていたが、あるいはあれは一夜の夢にすぎず、これから戻ってあらためて見てみると、そこには狸《たぬき》か狐《きつね》の御殿のようにただ崩れかかった廃屋があるばかり、などということになっているのではあるまいか。つまらないことを考えていると、ヒッピーの前にしゃがんでいたインドの男が口を開いた。

「オベロイ・グランド?」

「そう、そのオベロイ・グランド」

私が嬉《うれ》しくなって何度も頷《うなず》くと、ヒッピーは冗談はやめてくれというように顔をしかめた。

「嘘《うそ》じゃない。本当に泊まっているんだ」

いい加減なことを言っていると思われるのがいやで抗弁したが、ヒッピーは相手になろうともせず手を上げて言った。

「バーイ」

「ホワイ!」

なぜなんだ。私はいささか腹を立て、声を荒らげて訊ねた。すると、ヒッピーは馬鹿にしたように言った。

「ここらは、オベロイ・グランドに泊まるような人種には関係ないんだよ」

「どうして?」

「知らないのかい?」

「全然」

ヒッピーは呆《あき》れたような表情になったが、私がなにも知らないということを理解したらしく、新参者《しんざんもの》に対する先輩の口調になってその理由を説明してくれた。

それによれば、この短かい小路をサダル・ストリートといい、インドを旅しているヒッピーたちなら知らぬ者はないくらい有名な通りだという。カルカッタの中でもとびきりの安宿が集中していることもあるが、それ以外にも近くにブラック・マーケットがひかえていることや、旅に関する情報とかハシシとかが簡単に手に入ることも、この通りを有名にしている大きな要因なのだという。

「一泊何ルピーくらいが相場なの？」

「六ルピーから八ルピーといったところかな」

ヒッピーは私の質問に今度は素直に答えてくれた。

「ただしドミトリーだけど」

「ドミトリー？」

私が訊き返すと、ヒッピーはドミトリーも知らないのかというようなうんざりした顔になった。

「つまり個室ではなく、大勢が寝られる大部屋のことさ」

これまで香港から東南アジアにかけて、かなりの安宿に泊まってきたが、さすがに大部屋というところはなかった。

大部屋では、好きな時間に起き、好きな時間に寝るということができそうもない。

「ドミトリーでなければ？」

私はヒッピーに訊ねた。

「そう、小さなシングルの部屋で十二ルピーというところかな」

それでも四百円ほどにすぎない。個室でさえあるなら、どんなに汚くとも取りあえずは我慢できる。今日からはそういった部屋に泊まればいいのかもしれないなどと考えていると、ヒッピーが言った。

「しかし、どこもシングルはふさがっているよ」

「するとやっぱりドミトリーか……」

「ドミトリーだって、空いているベッドがあるかどうかわからないぜ」

「君が泊まっているホテルは？」

するとヒッピーは大きな声で笑い出した。彼は、南のマドラスからプリーを経て、今朝カルカッタに着いたばかりだったのだ。着いたというより戻ってきた。インドには一年近くいて、カルカッタならここに泊まると決めているが、満員ということなのでベッドが空くまで待っている。今日中にはひとりくらいは出ていくだろう……。

「ここはなんというホテルなの？」

「サルベーション・アーミー。ホテルじゃない」

サルベーション・アーミー、つまり救世軍だ。ここは救世軍の経営する《赤い盾《たて》》という名のゲストハウスだったのだ。周辺の安宿より一、二ルピー高いが、比較的安全なので人気があるのだという。

「それでは僕も君のあとから並ぶとするかな」

私が言うと、彼が不思議そうに訊ねてきた。グランド・ホテルに泊まるような旅行者が、なんだって救世軍なんかに泊まらなくてはならないのだ。今度は私が笑う番だった。そして事情を説明した。要するにタダだったのだ、と。納得したヒッピーは私に対して初めて友好的な口調になって言った。

「並んでくれれば、こちらも話し相手ができてありがたい」

では、とその場を離れようとすると、リキシャの男が声を掛けてきた。

「チェンジ・マネー？」

闇《やみ》でドルを替えないかというのだ。昨夜ダッカ行きの若者が言っていた通り、もう闇ドル買いが現われた。公定のレートとどのくらい違うのかが知りたくて、彼に訊ねてみた。

「レートはいくら？」

「一ドルが八ルピー」

その程度のものなのかと思い、別にいま取り替えなければならないほど切迫してはいないので、そうかわかったと言って歩きはじめると、男が大声で呼び掛けてきた。

「マスター、マスター、ハウ・マッチ、ハウ・マッチ！」

いくらならいいのだ、と言っているらしい。

いや、いいんだ。私が黙って歩きだすと、リキシャの男が叫ぶように言った。

「八ルピー二十パイサ！」

十ドルなら八十二ルピーになる。空港の銀行では七十六ルピーだったから、六ルピー分も率がいい。しかし、いくらレートがよくても今は両替するつもりがない。背を向けたまま首を振ると、男はさらに必死に叫んだ。

「ハウ・マッチ、ハウ・マッチ！」

なるほど、これがインド式の駆け引きなのか。私は興味が湧き、足を止めた。そして、逆に訊ねてみた。

「いくらにしてくれる？」

「いくらならいいんだ」

男は私に先に言わせようとして、なかなか自分から具体的な数字を言い出さない。手の内はできるだけ晒《さら》さないというのが、インド商法の鉄則のようだった。しかし、悲しいことに彼はリキシャ引きであり、本職の闇ドル買いではなかった。それならもう行こう、とフェイントをかけると慌てて新しい数字を口にしてしまう。そんなことを何回か繰り返しているうちに、とうとう八ルピー五十パイサまで上がってしまった。

するとそのやりとりをニヤニヤしながら見ていたヒッピーが言葉をはさんだ。

「もうそれ以上は無理かもしれないな」

「これが相場？」

「いや、もう少しいいはずだけど、この男は仲介の仲介だろうから、どうしても手数料の分だけ安くなる」

そう言われてみれば、日銭稼《ひぜにかせ》ぎの彼らに余分なルピーがあるわけがない。

およそのレートもわかったので、また今度にするよ、と言い残してその場を離れた。

「マスター、マスター！」

男の悲しげな呼び声を聞くと、期待を持たせて悪かったかなという気がした。

3

ホテルの部屋ではダッカ行きの若者と医大生がそれぞれの荷物を整理していた。そろそろチェック・アウトしなくてはならないという。私も急いでザックに荷物を詰め込んだ。

ダッカ行きの若者とはホテルの前で別れた。彼は私たちに対して、豪華なホテルに泊めてやったことへの感謝の念を強要する素振りも見せず、ごくあっさりとタクシーに乗って空港に向かっていった。そのさりげなさはかなり気持のよいものだった。

残された私たちはサダル・ストリートへと歩きはじめた。これからどうするつもりなのかと訊《たず》ねてきた医大生に、サダル・ストリートという安宿街へ行くつもりだと告げると、当然のことのように肩を並べてきてしまったのだ。内心面倒だと思わないではなかったが、一緒に来るなとも言えなかった。大の男とはいえ、心細さを感じているのは明らかなのだ。それを突き放すわけにはいかない。しかし、これで救世軍のドミトリーに泊まるのは難しくなってしまったな、と思わざるをえなかった。

救世軍の門を覗《のぞ》き込んだが、先ほどのヒッピーの姿は見えなかった。どうやらベッドにありつけたらしい。それではこちらの番だ。しかし、医大生も泊まれるところとなると見当がつかない。私がどこから当たったものか迷っていると、医大生が言った。

「ここはどうだろう」

彼が指さしたところは、救世軍の向かいの小綺麗《こぎれい》なホテルだった。立派な塀《へい》といい、広い庭といい、決して安くはなさそうなホテルだった。私が二の足を踏んでいると、医大生は意外な積極さで中に入っていった。仕方なく私もあとについていき、フロントの男に部屋の値段を訊ねた。ツインで七十三ルピーだという。ひとり三十六ルピー五十パイサ。ドミトリーの値段に比べればかなり高いが、思ったほどではない。部屋を見せてもらい、バスとトイレとベッドのクッションを確かめてから、借りることにした。

私はまずツーリスト・インフォメーションへ行き、カルカッタの地図を手に入れたかった。フロントで場所を教えてもらうと、チョーリンギー通りを南に真っすぐ行ったところにあるという。医大生もこれから行く予定のベナレスやアグラについて調べたいので一緒に来るという。私たちはひとまず荷物を部屋に置き、外に出た。

陽《ひ》が高くなり、チョーリンギー通りは往きかう人で混雑しはじめていた。私はその人の流れを縫って歩きながら、インド人が実にさまざまな皮膚の色を持っていることに感心していた。ベージュのような淡い茶色の人もいれば、漆黒に近い人もいる。色だけでなく顔立も千差万別だった。我々がインド人に対して抱いているイメージといえば、色は黒いが目鼻立の整った美男美女というものだが、通りを歩いている人々は、当然のことながら、誰も彼もが美男美女というわけではなかった。よく見れば、眼《め》がぱっちりとしてまつげが長く、鼻はすっきりと高く、口元には独特の甘さが漂っている、などという人は何人もいない。恐らく、美男美女が存在する確率などといったものはどの人種も大して変わりがないのだ。にもかかわらず、日本で見かけるインド人がみな美しく感じられるのは、日本に来ているというまさにそのことによってだけでも明らかなように、彼らが上流の階級に属するため、かなり洗練されているからだろう。

そんなことを考えながら、歩いている人を眺《なが》めているうちに、奇妙なことに気がついた。皮膚の色が濃くなれば濃くなるほど、身なりがみすぼらしいものになっていくのだ。それは残酷なくらいはっきりしていた。皮膚の色と服装のよしあしとの間にはかなり深い相関関係があるようだった。

体から汗が吹き出すほど歩いて、ようやくツーリスト・インフォメーションのオフイスに辿《たど》りついた。そこで奇妙な日本人に話しかけられた。

私たちがインド全体の地図やカルカッタの区分図、ベナレスやアグラの観光案内書などを貰《もら》っていると、オフィスの隅《すみ》にいた日本人の男がそばに寄ってきて、こう言ったのだ。

「カトマンズに行かない？」

唐突な申し出にびっくりしたが、その男の説明を聞いてある程度は納得できた。彼もやはり旅行者で、三日後にはカトマンズからのチケットで日本に帰らなければならないのだという。ところが、インドでシタールなどの民俗楽器を大量に買い込んでしまったため、ネパールに入る際それに税金がかかることになってしまった。自分で楽しむためのものではなく、商売用とみなされてしまったからだ。もし何人かの手で分散して持ち込むことができれば、税金もかけられなくて済む。ついては、一緒にカトマンズへ行ってくれないだろうか、行ってくれれば飛行機代の半分は持つ、というのだ。

「その楽器、全部自分で使うんですか？」

私が訊ねると、男はことさら真面目《まじめ》そうな顔で答えた。

「友人のミュージシャンに頼まれてね」

しかし、このいかにもインドずれした男が、インドをタネに金もうけをしようとしていることにはかわりなさそうだった。最初は好きでインドに通っているうちに、やがて必要に迫られて小遣い稼《かせ》ぎをするようになる。そしていつの間にかそれが本職になってしまう。その男の顔にはいかにもブローカー風の卑《いや》しさのようなものがにじみ出ていた。

昨日カルカッタに着いたばかりだから、と私は断った。ところが、それを聞いていた医大生は、変に乗り気になってしまった。

「行ってみようかな……」

「だって、まだろくに街も歩いてないんだぜ」

私が言うと、医大生はまったくあっけらかんと言った。

「カルカッタはもう沢山。僕が一番行きたかったのはカトマンズだったんだ。それにカルカッタは帰りにも見られるから」

同じ土地を同じように動いても、人によってこれほど受け取りかたが違うのかと、不思議な気がした。私はこのオフィスに来るまでの道すがら、こんなことを思っていたのだ。カルカッタという街はほんのワン・ブロックを歩いただけで、人が一生かかっても遭遇できないような凄《すさ》まじい光景にぶち当たり、一生かかっても考え切れないような激しく複雑な想念が湧《わ》き起こってくる。なんという刺激的な街なのだろう。いったい自分はどのくらいこの街にいたら満足するのだろう……。

男はこのチャンスを逃すまいと、医大生に向かって懸命に掻《か》き口説《くど》きはじめた。カトマンズは詳しいのでいろいろな便宜をはかってやれるだろう。安い宿も紹介するし、面白い場所にも案内してあげる。

「行こうかな」

医大生が今度ははっきりとそう言った。

医大生はすっかりカトマンズへ行く気になってしまったようだった。つまらないことに巻き込まれなければいいが、と心配にならないでもなかったが、口に出して忠告しなければならないほどその男も悪人ではなさそうだった。男は、次に私を説得しようとしたが、まったくその気がないのを看《み》て取るとすぐに諦《あきら》め、医大生をインド航空のオフィスに誘った。気持が変わらないうちにチケットを買ってしまおうと考えたのだろう。

「君はどうする」

医大生が訊ねてきた。

「とにかく、どこかで腹ごしらえをするよ」

私が言うと、医大生も朝から何も食べていないことを思い出したらしく、一緒に行こうかなと呟《つぶや》いた。逃げられてしまうのではないかと不安になったのだろう、男は私たちに行きつけのレストランがあるからそこで食べないかと提案してきた。

「インド料理？」

「もちろん」

「高くない？」

「もちろん」

ということで、私たちはその店で朝昼兼用の食事をすることにした。

昼食どきということもあったのだろうが、店の中は客で混《こ》み合っていた。中に入ると、香辛料の匂《にお》いばかりでなく、揚げ物の油の匂いや腐った牛乳のような匂いなどが鼻を突いてくる。天井では大きな羽のファンがゆっくりと廻《まわ》り、生暖かい風を送っている。そして、いたるところに蠅《はえ》。いかにもインドの食堂という感じがして、悪くなかった。客には、ズボンにワイシャツといった格好のサラリーマン風の男もいたし、腰巻のようなものにゆったりした木綿のシャツを着た商店主風の恰幅《かっぷく》のいい男もいたが、どういうわけか女の姿はひとりも見かけなかった。

私たちにとっては初めての本格的なインド料理だった。何をどう注文していいかわからない。しかし、男はカタコトのベンガル語なら喋《しゃべ》れるらしく、私たちがカレーの種類を決めると、あとは適当に頼んでくれた。

やがて私の前に出てきたのは、マトンのカレーにダールという汁、チャパティという名のパンに米の飯、それにダヒーという名のヨーグルト、というものだった。カレーは思ったほど辛《から》くはなかった。まずくはなかったが、おいしい、と叫ぶほどのものでもなかった。

頭上には蠅の大群がいて、テーブルの上の皿にたかってくる。手で払っても払ってもきりがない。医大生は神経質に追い払っていたが、私は途中で諦めた。中国式に蠅のたかるものはうまいものと思うことにしたわけではなく、これほどしつこい蠅たちが調理場でこの皿だけを見逃してくれたはずはないと気がついたからだ。ここで追い払ってもすでに遅い。周りを見渡すと、蠅などにかかずり合っている客など誰もいない。どうやらインドでは、この種の達観が生きていくうえでどうしても必要なのかもしれなかった。

食べ終り、勘定を払う段になった。あるいは男がおごってくれるのではないかと甘い期待をもったが、自分が払ったあとできっちり三つに割って請求してきた。当然のことなのに、その男の手にかかると同じ行為が妙にみすぼらしく見えた。

それから男の奔走が始まった。インド航空に行き、席の予約をし、荷物の重量の割引を求め、インドの文化関係の官庁の出先機関へ廻り、買った楽器が商売用ではなく、文化的な目的のためのものだというお墨付きを貰おうと必死に粘った。

そこまでは私も付き合ったが、さすがに馬鹿《ばか》らしくなり、途中で二人と別れた。医大生はそのように駆けずり廻ることがけっこう面白いらしく、今日一日は男と行動を共にする、とのことだった。すっかり男を頼り切っている。ほんの少し前までは、医大生にまとわりつかれているようでわずらわしかったが、いざ他の誰かとどこかへ行ってしまうということになると、妙に寂しい気がする。それに、実際的な面からしても困ることがあった。さっそく明日から泊まる宿を見つけなくてはならない。二人だからあのような部屋に泊まれるが、ひとりで七十三ルピーは払い切れない。またかと思うと、少し憂鬱《ゆううつ》になった。

それにしても、旅というのは相棒がいるとずいぶん便利なものだということがわかった。部屋代も割安になり、なにより食事の時にひとりで黙々と食べなくて済む。そんなことを考えていると、あの医大生もただ旅慣れていないだけで、さほど饒舌《じょうぜつ》ではなく、ハッタリ屋でもなく、道連れとしては悪くない相手だったのではないか、と思えてくる始末だった。もっとも、それは、ひとりで長く旅を続けてきたための、ちょっとした気の弱りだということは自分でもわかっていた。

ひとまず私はホテルに帰ることにした。

その途中、通りに面した工事現場でなにやら式典のようなものが行われているのが見えてきた。何の気なしに中に入って訊《き》いてみると、起工式だという。どうやら地下鉄の駅を造るらしい。

セレモニーが終り、参会者全員にインド風の菓子とコーラが配られる。私に事の概略を教えてくれた若い技師が、私にも持ってきてくれた。そして、食べろと勧める。しかしその場で口にするのはためらわれた。私の周囲には、うらめしそうにじっとこちらを見つめている、何十人もの工事人夫がいたからだ。他国者の私にくれる菓子はあるのに、しかもまだ充分に余っているのに、工事の実際の担《にな》い手《て》である彼らには決して配られないのだ。なんだか済まないような気持になって、近くにいるひとりにあげようとすると、その若い技師にパンと手を払われた。余計なことはしないでくれ、癖になる。それが彼の言い分だった。

泥《どろ》の上に飛び散った菓子の破片に、数十人の人夫たちが群がり、奪いあった。私は声もなくその場を立ち去った。

サダル・ストリートに戻り、明日からの宿探しをした。しかし、サルベーション・

アーミーをはじめとして、安宿はどこもいっぱいのようだった。稀《まれ》に空きベッドのあるホテルが見つかっても、泊まるのは明日からだというと、明日また来てくれ、と面倒臭そうに追い払われた。明日は明日のことだ。私も、そのうちに、やはり明日は明日の風が吹くのかもしれない、といった気持になってきた。

次の日の朝、医大生はカトマンズに発《た》っていった。

私は部屋に荷物を置いたまま、サダル・ストリート界隈《かいわい》の安宿を当たったが、生憎《あいにく》どこにも空きがなかった。やはりカルカッタでは風が吹かないことになっているのだろうか。私はがっかりしながらホテルに帰り、荷物をまとめてフロントで訊ねてみた。

「この近くに、別の安宿街はないだろうか」

「カトマンズに行くんじゃなかったのか」

フロントにいた中年の男が意外そうに言った。

「連れだけさ。僕はしばらくカルカッタに滞在するつもりなんだ」

すると、どうしてここを出るのかと訊ねてきた。私がひとりでは部屋代を払い切れないからと説明すると、それなら料金をひとり分にしてやるからここにいろと勧めてくれた。要するに半額にまけてくれるというのだ。このホテルはあまり客がおらず、部屋を遊ばせているよりは半額でも金が入ったほうがいいという向こうの事情もあったのだろうが、私はインドの人に初めて示された好意として、その申し出をありがたく受けることにした。

私はその日から、そのホテル、リットン・ホテルを根拠地として、カルカッタの街をうろつくことになった。

4

このサダル・ストリートは、サルベーション・アーミーの前で会ったヒッピーが言っていた通り、確かに便利なところだった。とにかく周囲には食堂がいくらでもある。しかも嬉《うれ》しいことに、味のしっかりした中華料理屋が数軒あり、カレーに飽きれば炒飯《チャーハン》や湯麵《タンメン》を食べることができた。

また、近くにはニュー・マーケットというバザール風の一大商店街があり、そこに行けば日用雑貨はもちろんのこと、土産物から禁制品まで手に入らないものはなかった。

ニュー・マーケットで扱われているのは品物だけではなかった。闇《やみ》ドル買いもその重要な収入源であるらしく、ニュー・マーケットの中の数人の商店主が元締めを兼ねていた。サダル・ストリートからチョーリンギー通りに出てくると、必ずその手下に声を掛けられる。

「マスター、チェンジ・マネー？」

しかし、彼らは実際に金を替えられるほどの資力があるわけではなく、興味を示した相手に喰《く》い下がり、レートの交渉をしたあとで、ニュー・マーケットのボスのところまで案内するのだ。

私が初めて闇でドルを替えたのは、医大生がカトマンズに向かい、ひとりでリットン・ホテルに泊まることになったその日の午後のことだった。手持ちのルピーがそろそろ底をつきそうになり、どうにかしなくてはと考えていると、ニュー・マーケット近くの映画館の前で屯《たむろ》していた男たちのひとりに声を掛けられたのだ。彼らは複雑に入り組んだニュー・マーケットの私設ガイドともいうべき男たちで、文字通りのガイドもやれば、特定の商店のための客引きもやるし、闇ドル買いの仲介もするという連中だった。

「チェンジ・マネー？」

私に声を掛けてきたのは、鼻の下に髭《ひげ》をたくわえたなかなかスマートな若い男だった。

「レートは？」

訊《たず》ねると、若い男は一ドルが八・四ルピーだという。前日のリキシャ曳《ひ》きは八ルピーというのが最初のひと声だったから、かなり期待が持てそうな気がした。しかし、そんな様子は気振りにも出さず、それなら替えるつもりはないと歩き出すと、ハウ・マッチ、ハウ・マッチと叫び、例の駆け引きが始まった。じっくり腰を落ち着けて交渉していくうちに、八・四が八・七にまでなった。これくらいが上限かなと思えたので、八・七で手を打つことにした。

「いくら替える？」

「三十ドルくらいだな」

私が答えると、若い男がさらに訊ねてきた。

「二十ドル札は持っているか」

「持っているけど……それがどうかしたのかい」

「二十ドルを二十ドル札一枚でチェンジするなら八・七五にしてもいい」

どうして二十ドル札なのだと訊ねると、闇のマーケットでは二十ドル札に限らず、札は大きければ大きいほど喜ばれるのだという。

「百ドル札なら九ルピーにもできる」

高額紙幣の方が使いにくくて困るのではないかと思うのだが、このインドではそうではないらしい。闇の金だから持ち運びに便利な方がいいのかもしれない。いずれにしても、彼が本当に信用できるガイドかどうかがわからない以上、百ドルなどという単位は無縁だった。まず、二十ドル札を八・七五で両替してもらうことにした。

すると、若い男は私の先に立ち、ついてこいと言ってマーケットの中に入っていった。その時はまだ、彼らが闇の商人の元へ案内するだけの役割だとは知らなかったので、思わず警戒的になってしまった。闇ドルの両替に関しては、ダッカ行きの若者から注意をされていたからだ。ひとつは、交換する時に決してドルを先に渡さないこと。悪質なドル買いに引っ掛かると、ドルを受け取ったところで仲間に「警察だ！」と叫ばせ、そのまま逃げてしまったりする、というのだ。もうひとつは、出されたルピーの紙幣があまり古いようだったら受け取らないこと。古くて傷んでいると、いざ自分が使おうとしても誰も受け取ってくれないというのだ。

ニュー・マーケットの内部の路地は暗くて細い。騙《だま》して逃げるには格好の場所といえた。

ガイドの若い男は、客の姿がほとんど見当たらない閑散としたニュー・マーケット

の中を、あちこち引き廻した揚句ようやく一軒の店の前で足を止めた。何を商《あきな》ってい
るのかわからない、ただ空箱だけが山積みされている、薄暗い店だった。中に入ると、
奥の帳場には眼《め》つきの鋭い大柄《おおがら》の男が坐《すわ》っていた。若い男が早口のベンガル語でなに
ごとか告げると、店の主人らしい大柄な男は私に向かって短かく言った。

「ダラー」

ドルを見せろと言っているらしい。さすがにこの中では「ポリスだ！」という手は
使えそうもない。どんなことが起こるかわからないので充分に警戒はしていたが、と
にかく言われた通り素直に二十ドル札を手渡した。主人は眼鏡をかけ、その札をチェ
ックしはじめた。偽札《にせさつ》などであるはずはないのに、彼が表裏と念入りに調べる姿を見
ているうちに、面接試験を受けているような気分になってきた。やがて、主人が「よ
し」というように頷《うなず》いた時にはホッとして、彼が二十ドル札をそのまま引き出しにし
まおうとするのを、うっかり見過ごすところだった。私はひったくるように取り戻し、
声を荒らげて言った。

「ルピー！」

こちらもルピーをチェックしなくてはならない。主人は無表情に、八・七五の二十
倍に当たる百七十五ルピーを机の上に数えて並べた。一枚一枚ていねいに調べていく

と、途方もなく汚れ、破れた五ルピー札が一枚混じっているのが見つかった。換えてくれと頼むと、これで使えると頑張《がんば》る。それなら自分で使えばいい、俺《おれ》はいらないと断固主張しても、相手も一歩も引こうとしない。三十分も押し問答を続けたろうか、ついに主人の方が折れた。インド人にとって、汚れた札はババ抜きのババのようなものであり、結局最後には弱い立場の者が摑まされることになる。この場合ではドルを持っている私が明らかに強い立場にあり、向こうが折れざるをえなかったのだ。

両替を終え、若い男に連れられてマーケットの外に出てきた時には、体の奥から疲労がどっと押し寄せてくるような感じがした。時計を見ると、あれだけのことに一時間半もかかっていた。

しかし、疲れはしたが、インドのしたたかな商人との駆け引きはかなりスリリングなものだった。私は病みつきになり、それ以来、暇を持て余すとガイドに案内してもらい、闇の商人の元を訪れるようになった。

彼らが扱っている重要な品目の中にスチューデント・カードというのがあった。要するに偽の学生証を作ってくれるのだ。ギリシャより西の国々では、学生証を持っているとさまざまな特典が受けられる。博物館の入場料が半額になったり、バスの運賃が安くなったりする。そういったことはサダル・ストリートで顔見知りになったヒッピーたちによく聞かされていた。

　ある日、スチューデント・カードはいらないかとガイドのひとりに声を掛けられ、ふと買ってみようかなという気になった。大学は四年前に出ていたが、学生に見えないこともないだろう。

　ガイドに連れていかれた店に入って、私はオッと声を出しそうになった。その店には以前にもいちど来たことがあり、でっぷり太った強欲《ごうよく》そうな主人とは、長い交渉の果てについに決裂したことがあったのを思い出したからだ。

　このニュー・マーケットの闇の商人たちは、物を売るばかりでなく、物を買いもするのだ。旅行者からあらゆるものを買入れ、どこかで売り捌《さば》く。ある時やはりガイドに呼び止められ、何か不用になった物を売らないかと訊かれた。不用な物というのはないが、これから先のことを考えると、金は少しでも多くあったほうがいい。私は迷った末に、友人から餞別《せんべつ》がわりに安く譲ってもらったニコンのカメラを売ることにした。そして、そのガイドに案内されたのがこの店だったのだ。私がカメラを机の上に置くと、主人はまず機種を調べ、やがておもむろに引き出しの中から綺麗《きれい》な印刷物を取り出した。覗《のぞ》いてみると、なんとそれは最新のニコンの製品カタログではないか。値段に関しては多少ハッタリをかませ、できるだけ高く売りつけようという下心があったのだが、逆に相手に先制パンチを喰《く》らわされ、交渉の主導権を握られてしまった。強欲そうな主人は、かなりの中古だというのを理由に定価の半値しか出せないと頑張る。こちらは、いくら安く譲ってもらったものとはいえ、せめて定価並には売ろうと思っている。ヒッピーたちに、新品なら一・五倍は軽いというような話を聞かされてもいた。私も粘ったが、相手は一歩も譲ろうとしない。二時間余りも交渉を続けた末に、ついに私は痺《しび》れをきらし、最後の手段のつもりで、もう売るのはやめた、とフェイントをかけた。待ってくれと言ってくるかと思っていると、立ち上がり、出ていこうとしても、そっぽを向いたままだ。困ったが、いまさら引っ込みもつかず、仕方なくそのまま出て来てしまった。

ここはその時の因業《いんごう》な店だったのだ。主人も私を覚えていたらしいが、ちらりとも表情を動かさない。スチューデント・カードはいくらだと訊ねると、四十ルピー、とドスのきいた声で答えた。四十ルピーといえば五ドル近い。法外な値段だ。もっと安く、と主張したが、主人は頑《がん》として値引きをしようとしない。切手のようなシールを出し、これを貼《は》らなければ効力が出ないが、これを手に入れるのは大変なのだ、と言う。しかし、傲岸《ごうがん》な態度を崩さず、いっこうに値引きしようとしないのが腹立たしく、今度もまた飛び出て来てしまった。しかし、主人は相変わらず平然としたままだ。

どうにかしてあの主人をやりこめたい。それには、とにかくあそこより安いスチューデント・カードを探すことだ。私はマーケットの外に出て、自分からガイドたちに近づき、スチューデント・カードを扱っているところに案内してくれないかと頼んだ。ところが、ひとりのガイドが喜び勇んで引っ張っていってくれたのは、あの強欲な主人の店だった。私は中にも入らず、ガイドの制止も振り切って、今度は違うところに屯しているガイドに声を掛けた。しかし、そのガイドが連れていってくれたのも、やはりあの店だった。

さすがの私も音を上げた。店に入り、参った、というように主人の机の前にある椅《い》子《す》に腰を下ろすと、彼は初めてニヤッと笑った。

私は香港以来の熱狂に見舞われ、毎日カルカッタの街をうろつき廻《まわ》った。カルカッタは、特に何があるという街ではなかったが、いくら歩いても飽きそうになかった。チョーリンギー通りのインド博物館へ行き、ジャイナ教の寺院を見学し、詩聖タゴールの生家であるタゴール・ハウスでも訪れれば、名所巡りの半分は終ってしまう。確かに何があるという街ではない。しかし、カルカッタには、いま生きている人間に関《かか》わるものならすべてあった。

たとえば、路上に坐り込み、あるいは横たわり、通りすがりの者に手を差し伸べている物乞《ものご》いには、この地上に存在するあらゆる病が巣喰っているようだった。象のように厚い皮とむくんだ足を持った女。両膝《りょうひざ》から下は足がなく、差し出す手の指も崩れかかっている男。巨大なサッカーボールを呑《の》み込んでしまったような首をしている女。一日歩けば、また新しいひとつの病にぶちあたる。それは私たちが教科書や書物の上でしか知らなかった、そして自分たちとは無縁と思い込んでいたものだった。だが、彼らの前を通り過ぎる時、この病気に自分がかかっていないのは、単なる偶然なのかもしれないと思えてくる。

たとえばまた路上には、カラスと一緒に残飯をあさる老婆《ろうば》がいれば、犬に石を何個ぶつけると吠《ほ》え出すかを賭《か》けている子供たちもいる。牛に売り物の青草を盗まれる女もいるし、ネズミを商売のタネにしている男もいる。

ある時、フリースクール・ストリートを歩いていると、路上に青草を並べ、数人の女たちが坐っているのが眼に入ってきた。それが売り物なのだろうということは推測がついたが、彼女たちが手に手に棍棒《こんぼう》を持っているのが解《げ》せなかった。どういうことなのかとしばらく見ているうちに、ようやくその理由がわかってきた。彼女たちは牛と戦闘をしていたのだ。牛といっても飼い主のいない野良《のら》牛だ。肉をあまり食べないインド人にとって、牛乳は重要なタンパク源であり、牝牛《めうし》は大事な財産だが、役に立たない牡牛《おうし》は餌《えさ》を消費するだけのやっかい者になってしまう。だからといってヒンドゥー教における聖なる動物を殺して食べるわけにもいかない。そこで哀れな牡牛は街に放たれ、野良牛として生きていかざるをえなくなるのだ。青草売りの女たちの周りには、その野良牛が十数頭、ぐるっと取り巻いている。そして、隙《すき》あらばと青草を狙《ねら》っている。彼らも人間と同じようにひどく飢えているのだ。

路上の青草売りの女たちは、飢えた野良牛が近づいてくると手にした棍棒を振り上げる。それは聖なる神の使徒に対する仕打ちとも思えないが、背に腹はかえられないのだろう。

牛が青草を狙って接近してくる。女が背中のあたりをぶっ叩《たた》くと、その周辺の二、三頭はゆっくりと後退する。だが、他の牛は動こうとしない。

「ああ！」

別の女が叫び声を上げる。一頭の牛がかなりの速度で突っ込んでくる。女は棒で殴るが、その牛も決死の覚悟らしく、殴られるにまかせ、青草を一口せしめて、ようやく逃げていく。女は口惜《くや》しまぎれに牛の尻《しり》を叩くが、減った青草はどうしようもない。いくつかに分けてある小山から青草を少しずつ持ってきて埋め合わせをし、カモフラージュをする。もっとも、牛の世界にも強者の論理は貫徹しているらしく、いかにも小柄で弱々しい牛は、突っ込んでいくこともできず、ただ殴られる役目に甘んじ、強い牛が落とすバラ草を一本、二本と拾って食べることしかできないのだ。

恐らく、彼女たちと牛たちとは、毎日このようなことを繰り返しているのだろう。殴られ、逃げ、盗られ、殴る。まさに戦闘だ。しかし、こうしたそれぞれの生存を賭けた激しい戦闘にもかかわらず、彼女たちと牛たちとは不思議な共存をしているようだった。

また別のある日、バスに乗ってどこかへ行こうと思い、マイダーン公園のはずれにあるターミナルで待っていた。ところが、来るバス来るバスどれも満員でタラップに足を掛けることすらできない。インドの若者たちはそれでもドアにしがみつくようにして乗っていくが、さすがにその芸当は真似《まね》できない。

バスに乗るのを諦《あきら》め、マイダーン公園の中を通ってサダル・ストリートへと戻りかけると、ヤシの実のジュースを売っている男がいた。喉《のど》が渇いていたので、一個もらうことにした。男は大人の頭ほどもあるヤシの実を取り上げると、鎌《かま》によく似た刃物で実の先端を器用に削り、穴を開けてくれた。そこに口をつけてゴクゴクと飲み干す。インドではヤシの実は値段が安く、中のジュースも大して味がないので、ほとんど水がわりに飲まれている。私もよく飲んだが、鎌の手捌《てさば》きの鮮やかさと飲み方の豪快さから想像するほどおいしいものではなかった。氷でも浮かして飲めば別なのだろうが、生温いため、ヤシ独特の油臭さが舌に残ってしまうのだ。が、とにかくそこでヤシのジュースを飲み、ひと休みして再び歩き出した。

強烈な陽差《ひざ》しにうなだれている花壇や芝生の間を抜け、公園内の通路を歩いていると、不意に眼の端に引っ掛かるようにして見えたものがある。柵《さく》の中の黒い地面がうねるように動いたのだ。地震のはずはない。地面が動くなどというのは尋常ではない。暑さにやられたのかもしれないと思い、そのまま行き過ぎようとして、何気なく振り返った。

見ると、そこは花も芝もなく、黒い地肌《じはだ》が剥《む》き出しになっている。掘り起こされたのか、あちこちに穴があき、土が盛り上がっている。新たに芝でも植え直すのだろう。地面が動くなどというのは気のせいだった。そう思い、歩きはじめようとした時、柵のこちら側から中に向かって何かを投げ入れようとしている初老の男性の姿が眼に留まった。それが何かはすぐわかった。彼から少し離れたところに、柵を背にしてピーナッツを売っている男がいたからだ。

なるほど、ピーナッツか。二、三歩行きかけて、しかしいったいあの初老の男性は、なんだって土くれなどにピーナッツを撒《ま》いているのだろう、と不思議になった。

振り向くのとピーナッツが投げ込まれるのが同時だった。ピーナッツが地面に落ちた瞬間、私は全身に鳥肌が立つのを覚えた。地面にあいていた穴という穴から何百、何千というドブネズミが走り出してきたのだ。ネズミたちはピーナッツに群がり、奪いあい、やがて餌《えさ》にありつけたネズミもありつけなかったネズミたちも、一緒になって柵の中を駆け廻りはじめた。ドブネズミの大群が柵の中をやみくもに走っている様は、まるで地面が動いているようだった。しかし、不思議なことに、ネズミたちは中をぐるぐる廻っているだけで、隙間《すきま》だらけの柵の外に決して出ようとしない。ひとしきり動き廻ると、ネズミたちはまた穴の中に駆け込み、姿を消した。

私は呆然《ぼうぜん》としてその場に立ちつくしてしまった。

初老の男性がピーナッツを投げ入れると、ネズミの大群はまた走り出てきて、駆け廻り、また消えていく。何十分もそうして時間を潰《つぶ》していた彼は、ピーナッツがなくなると、つまらなそうな顔をしてどこかに歩き去った。しかし、私はそこから離れられなくなってしまった。

じっと見つづけていると、ネズミたちは必ずしもピーナッツを求めて走り出てくるのではなさそうだった。地下の空間に比べてあまりにも数が多いため、押し出されるようにして、外に出て来てしまう。そして、しばらく駆け廻ったあとで、また別の穴に向かって突進していくようなのだ。一匹のあとに何十、何百ものネズミが続く。中で何が行われているのかわからないが、しばらくするとまた弾《はじ》かれたように飛び出てくる。

それでも、時としてネズミたちの動きが止まることがある。すると、背を向けてぼんやりと遠くを眺《なが》めていたピーナッツ売りの男が、そのままの姿勢で背後にピーナッツを放《ほう》り投げる。僅《わず》か数粒のピーナッツがネズミたちの動きを活発にし、地面は再びうねりはじめる。通りすがりの人はその様子を見て、男からピーナッツを買い、ネズミに向かって投げ入れるのだ。

私は香港で廟街《びょうがい》に初めて遭遇した時のように体が芯《しん》から熱くなってきた。

いったい、このネズミたちとピーナッツ売りはどういう関係にあるのだろう。彼が公園の花壇を勝手に利用して飼っているとは考えにくかった。少なくとも、ここはインド第二の都市の中心にある大公園のはずなのだ。

しかし、公園には、間違いなくドブネズミの大群がいて、それをタネに金を稼《かせ》いでいる人物がいる。しかも、カルカッタの人々はそれを少しも奇異なこととは感じていないようなのだ。このネズミたちがどうしてこのような場所に存在しているのか、存在するのを許されているのか、私にはいくら考えてもわからなかった。だが、たとえ理解できなくとも、柵の中で走り廻っているネズミたちの姿に、これぞカルカッタといった強い衝撃を受けていることは確かだった。

ふと、このインドでは解釈というものがまったく不用なのかもしれない、と思えてきた。ただひたすら見る。必要なことはそれだけなのかもしれない、と思えてきたのだ。

カルカッタにはすべてがあった。悲惨なものもあれば、滑稽《こっけい》なものもあり、崇高なものもあれば、卑小なものもあった。だが、それらのすべてが私にはなつかしく、あえて言えば、心地よいものだった。

日が暮れると、街はよく停電になった。通りから向こうは灯《ひ》がついているのに、こちらの側は真っ暗になってしまう。その突然の闇《やみ》の中で、空の微《かす》かな明るさを頼りに歩いている時、胸が痛くなるほどのなつかしさがこみあげてくる。

昔、幼なかった頃《ころ》、私が育った東京でも、日が暮れるとよく停電になったものだった。食卓の上にローソクを立て、家族そろって食事をする。揺らめく炎に家族の影が壁に大きく映る。すると、生身の姿の小ささがいっそう際立《きわだ》ち、いつになく家族というものの絆《きずな》を強く感じたのを覚えている。停電の夜は、食卓の上に大したものが載っていなくても、いつもと違う楽しさがあった。

このカルカッタでも、停電を忌《い》むべきものと感じている大人とは違って、子供たちは闇の中で小さな祭りの時のような興奮を覚えているのではないか、という気がしてならなかった。

なつかしいといえば、カルカッタの子供たちが着ている粗末な服装もずいぶんなつかしいものだった。サダル・ストリートの周辺で遊んでいる子供たちの服は、誰のものも、汚れていたり、破れていたり、継ぎが当たっていたりしていた。昭和三十年代の初めに彼らと同じような年頃を迎えた私たちも、恐らく似たような服装であちこちの路地を駆け廻っていたに違いない。誰もが貧しかったから、ボロを着ていることが少しも恥ではなかった。学校から戻り、ランドセルを放り投げ、外に飛び出し、遊び疲れるまで帰ってこない。服は汗にまみれ、泥《どろ》にまみれ、しかし翌日もまたそれを着て出かけていくのだ。カルカッタの子供たちの、ボロから突き出たしなやかな手足を見るたびに、ただ体を動かしていればよかった時代の幸せを思い出さないわけにはいかなかった。

街を歩いていると、顔馴染《なじ》みになった少年たちが大きな声で呼び掛けてくる。

「マスター！」

その呼び掛けには意味がない。ただ親愛の情を示すために、そう呼ぶのだ。

「マスター！　マスター！」

笑いを含んだ彼らの声を耳にするたびに、遠い日々に反響していたはずの自分の笑い声が聞こえてくるような気がした。

路上で遊んでいる子供たちを見ていると、少年時代の自分を思い出す。しかし、彼らがかつての私たちと違っていたのは、なにかしら仕事を持っていたことだ。彼らは、働く合い間に、時間をかすめとるようにして遊んでいた。だが、それができる子供は、むしろ恵まれている部類に属していたかもしれない。サダル・ストリートには、遊ぶ仲間にも入れず、小さな弟や妹を連れ、通行人にただ力なく手を出すだけの子供も少なくなかった。

たとえば、フリースクール・ストリートの中華料理屋で晩の食事を済ませ、ホテルに向かってぶらぶら歩いていると、弟を小脇《こわき》に抱えた男の子が眼《め》の前に立ち、無言で手を差し出す。私は首を振り、そのまま歩きつづける。すると、彼も一緒に歩き出す。いや、歩幅が違うため、ほとんど小走りになってついてくる。角を曲がり、さらにもう一度角を曲がってもまだ諦めない。私は立ち止まり、いささか強い調子で、

「ノー」

と言う。

男の子は、ほとんど感情のこもらぬ眼で、じっと私を見上げる。私はたまらずまた歩き出す。彼は手を差し出したまま、黙ってついてくる。立ち止まれば、立ち止まり、歩き出せば、歩き出す。金をやりさえすればこのみじめな追いかけごっこが終るのはわかっていた。だが、どうしてもそれができなかった。どこかのチャイ屋に飛び込むか、ホテルまで走ってしまえば簡単なのもわかっていた。しかし、それは必死についてくる彼に対して余りにも卑劣な手段のように思えた。諦めるまで歩くより仕方がない。果てしなくついてくる彼に微かな恐怖を覚えながら、私はほとんど絶望的な気分になってどこまでも歩きつづけた。

ある時は、七、八歳の少女についてこられたことがある。つい弱気になり、小銭をあたえようかな、と立ち止まった。すると、少女が小さな声でひとこと言う。

「十ルピー」

物乞いに金額を指定されたのは初めてだった。しかも十ルピーといえば大金だ。首を振って歩き出すと、慌《あわ》てて私の眼の前に廻り込んで、言い直した。

「六ルピー」

私がまた首を振ると、やがてそれは五ルピーになり、四ルピーになり、三ルピーになった。その時になって、やっと意味がわかった。少女はその金額で自分の体を買ってくれないかと言っていたのだ。

まだ七、八歳にしかならない少女が、僅か三ルピーの金で体を売ろうとしている。しかし、彼女がそのような申し出をするからには、どこかに必ず買う男がいるのだろう。

その顔を見つめているうちに、名づけようもない感情が喉元まで溢《あふ》れてきた。多分、この少女は、香港のアバディーンで会った陳美華と大して違わない年齢だろう。あの時の陳美華は、これから女を買いにいくのか、と私に訊《たず》ねてきた。しかし、この少女は自分を買ってくれ、と頼んでいるのだ。

私は少女に三ルピーを手渡し、グッドバイ、と言ってそこを離れた。だが、少女は私のあとについてこようとする。いいのだ、これはあげたのだから、といくら手真似で説明をしても理解できないらしい。仕方なく、走るようにしてそこから遠ざかった。

香港には、光があり、影がある、と思っていた。光の世界がまばゆく輝けば輝くほど、その傍《かたわ》らにできる影も色濃く落ちる、と思っていた。しかし、香港で影と見えていたものも、カルカッタで数日過ごしたあとでは眩《まぶ》しいくらいに光り輝いて見えた。

5

カルカッタには半月ほどいた。

それが十七日目に北へ向かう列車に乗ることになったのは、これまでと同じように偶然がきっかけを与えてくれたからだった。

私の泊まっているリットン・ホテルの隣の部屋には、若いネパール人が滞在していた。フロントのオッサンの説によれば、なんでもネパールのテニス・プレイヤーで、カルカッタで行われるトーナメントに出場するとか、したとかいうことだったが、彼がもっぱら精を出していたのは市内観光と買物だけだった。ネパールにプロのテニス・プレイヤーがいるとは知らなかったが、これで本物のプロなのだろうか。あるいは、緒戦で負けて暇ができたせいなのだろうか。

ある日、顔を合わせた折に訊ねてみると、プロなどではなく本業は学生、しかも一回戦で敗退してしまった、という答が返ってきた。負けを覚悟で観光気分でやって来たのだとも言った。それなら市内観光も買物も納得だ。私が言うと、彼は腹を立てるどころか、自分からおかしそうに笑い出した。その日以来、私たちは親しく口をきくようになった。彼は陽気で人なつっこく、互いに下手な英語で話していても、少しも退屈しなかった。

その彼がカトマンズに帰るという。彼はネパールでもかなり裕福な家の子弟らしく、乗用車でカルカッタまで来ていた。一緒に乗ってカトマンズへ行かないかと誘われた。心が動かないわけではなかったが、カルカッタからはしばらく気儘《きまま》な汽車の旅をしてみたかった。そう説明すると、彼は気持よく了解してくれ、いつでもいいからカトマンズに来てほしい、その時は大歓迎するから、と言ってくれた。私は必ずカトマンズに行くことを約し、彼を見送った。

ネパールの若者が発《た》っていってしまうと、急に寂しくなった。誘いを自分で断っておきながら、置き去りにされたような感じがした。いつものように街をうろついても、なぜか気分が乗ってこない。私もそろそろカルカッタを出ていく時期にさしかかっているのかもしれない、という気がしてきた。

かといって、どこへ行くというあてもない。

私は、ツーリスト・インフォメーションで貰《もら》ったインド全図をベッドの上に広げ、しばらくぼんやり眺めた。南から北へと、都市の名前を読み上げながら見ていくうちに、パトナというところで眼が止まった。カルカッタの北、四百キロはあるだろうか。

名前の響きも気にいったし、カトマンズに近づいていくのもよかった。とりあえず、パトナまで行ってみることにしようか……。

彼が出発した次の日、私は列車を調べるためハウラー駅に向かった。列車の時刻ではなく、列車の混《こ》み具合が知りたかった。一等、二等なら外国人専用のリザベーション・オフィスで予約を取ることも可能だが、私が乗るつもりなのは席の予約など必要ない三等だ。噂《うわさ》に聞くインドの三等とは、実際どのくらい混むものか、乗る前にいちど駅で確かめておきたかった。

チョーリンギー通りを北へ上がり、ダルハウジー広場を過ぎると、カルカッタ屈指の問屋街にぶつかる。この界隈《かいわい》の雑踏はいつ見ても興奮させられる。商品を満載した荷車が往きかい、リキシャが通行人の間を擦り抜け、重い荷物を背負ったポーターが前かがみになって歩いている。このポーターの賃金は一マイルで二ルピーだという。そんな細かい数字をなぜ知っているのかといえば、街で会った奇妙な男が別に頼みもしないのに教えてくれたのだ。

そういえば、その男は実に独特な人物だった。

ある日、いつものようにマイダーン公園でネズミたちの乱痴気《らんちき》騒ぎを見たあと、チョーリンギー通りをぶらぶらしていると、ひとりの男が話しかけてきた。自分は船員だが、しばらく航海がないので暇を持て余している。あなたのような外国からの旅人が、ひとりで困っているのをそのままにはしておけない。ぜひ街を案内させてくれないか。私は困ってなどいなかったし、彼の物腰に引っ掛かるところがないではなかったが、金をくれというのではない以上、好意を無にする理由はない。

彼は勝手にモスクや教会、銅像のある広場などに案内してくれたあとで、どこかで食事をしないかと言ってきた。ちょうど日も暮れ、私も腹が空いてきたところだった。賛成すると、どんなところで食べたいかと訊《き》く。カルカッタらしいところで、と私は答えた。頷《うなず》いた彼が連れていってくれたのは、サボイというレストランだった。女性たちは衝立《ついたて》の奥のコンパートメントで食べている。この店は、街の一膳飯屋《いちぜんめしや》に比べればはるかに高級で、料理も確かにおいしかった。しかし彼は、いざ勘定という段になると素早く身をかわしてしまった。もちろん私が払うつもりだったが、その露骨さに、体よく食事をたかられただけなのかなとがっかりした。

レストランからの帰り道、自称船員の彼が煙草《たばこ》を一本くれないかと言ってきた。持ってない、と私は答えた。いいではないか煙草の一本くらい、と彼がさらにしつこく言う。私は吸わないのだ。少し強い調子で言うと、彼が大声を出して言った。自分は今日一日おまえのために何マイル歩いたと思っているのだ。あの最低のポーターでさえ、一マイルで二ルピーは貰うことになっている。煙草を丸ごと一箱くれてもいいくらいだ。私は彼の言い草に腹を立て、ないものはないのだ、と怒鳴ってしまった。そして言った。わかった、一マイルにつき二ルピー払おうではないか。しかし、ポーターに食事をおごるいわれはないのだから、さっきのレストランの勘定を半額出してもらおう。私がそう言うと、自称船員はぶつぶつ呟《つぶや》きながら、不貞腐《ふてくさ》れたように背を向けて歩き去ってしまった。

しかし、その男が面白かったのは、翌朝何もなかったような顔をして、ホテルを訪ねてきたことだ。何の用だと訊ねると、昨日おまえは沐浴《もくよく》を見たいと言っていたではないか、いまフーグリー河に行けばいくらでも見られるから案内する、と言うのだ。私は唖然《あぜん》として声も出なかった。だが、すぐにその厚顔さに興味が湧《わ》いてきて、彼と一緒に出かけてみる気になった。

それ以来、彼は毎日やって来た。私は気が向けば付き合ったが、断ることの方が多かった。しかし彼はまったく意に介さず、毎日やって来てはあれこれ誘い、最後には決まって何かをせびりとろうとした。ない、とか、駄目《だめ》だ、とか言うたびに怒って帰るが、次の朝になるとまたやってくる。うるさくないこともなかったが、彼の厚顔さには、厚顔とだけ言ったのでは片づかないインド人独特のものがあるようで、興味深かった。あるいは私にとって、このカルカッタでは、彼以上に濃密に関《かか》わったインド人はいない、と言ってもよかったかもしれない。

いずれにしても、その彼との最初の夜のやりとりで、一マイルで二ルピーという数字が頭に叩《たた》き込まれてしまったのだ。

問屋街を抜けてしばらく行くと、長大なハウラー橋にさしかかる。雨季ということもあってか、褐色《かっしょく》に濁ったフーグリー河の流れはかなり速かった。

橋を渡ると駅はすぐだ。駅前の広場は一種の難民キャンプのようになっている。列車を待っているのか、路上生活をしているのか定かではない。大きな荷物のそばに夫婦と子供たちがうずくまっている。あるいは、老人が布の上で横たわっている。赤ん坊を抱いたまま、火をおこし、鍋《なべ》をかけている女がいる。

私がそこを抜け、駅の構内に行こうとすると、痩《や》せ細った少年が尻《しり》を剝《む》き出しにして便をしていた。下痢をしているらしく、水のような便が止めどなく流れ出ている。少年は、放心したように顔を空に向けている。悲哀に満ちた光景だった。しかし、私は眼をそらさず、見つづけた。多分、これから先の土地でも、眼をそらしては一歩も前に進むことができない、と思ったからだ。

翌日、私は九時三十分発のパトナ行き鈍行列車に乗った。カルカッタからパトナまで、二十ルピー九十五パイサ、約七百三十円である。五百キロという距離を考慮に入れれば、かなり安いということになる。しかし、私の乗った三等は聞きしにまさる凄《すさ》まじさだった。

前日、ハウラー駅のプラットホームで調べ、これくらいなら我慢できると判断したのだが、ただ見るのと実際に乗ってみるのとでは大違いで、車内の混みようとその蒸し暑さは想像を絶するものだった。二時間前から頑張《がんば》っていた甲斐《かい》があって、どうにか席に坐《すわ》ることはできたが、あとからあとから乗ってくる客が通路ばかりでなくデッキにも溢れ、トイレに行くことすら思うにまかせないほどだった。窓が小さく風が入りにくいのに、天井の扇風機は廻《まわ》らない。おまけに座席は硬い木のベンチときている。しかし、後悔はしなかった。肉体的にはかなりきつかったが、得るものも少なくなかったからだ。

周囲の乗客の振舞いを注意深く観察することができたために、インドにおける汽車の乗り方とでもいうべきものがなんとなくわかってきた。

たとえば、乗客は自分の席を見つけると、鞄《かばん》などを向かいの荷物棚《だな》に載せ、鍵《かぎ》のついた鎖で棚の棒に結びつけてしまう。そのうえに、席を立つ時には、隣の人だけでなく周囲の全員に「荷物をよろしく頼む」と言い置いて離れていくのだ。

あるいは、その荷物棚こそがこの三等では最高の座席だということもわかってきた。私のすぐあとから乗ってきた若い男などは、まだ席が空いているのにもかかわらず、荷物を棚に押し上げると自分もよじ登ってしまった。どうしてかと見ていると、下の座席が狭く窮屈なのに比べ、その細長い空間ではとにかく足を伸ばせ、ひとりで横になることができるのだ。誰かがそこを陣取ってしまえば、新たに乗ってきた客も無理に荷物を置こうとはしない。この次からは荷物棚を狙《ねら》おう、と思った。

だが、三等に乗ってよかったのは、なんといっても周囲の乗客が親切だったことだ。席は三人掛けのベンチが向かいあった六人掛けが基本である。ところが、私のところはそこに八人、子供を入れると九人が坐ることになってしまった。私の列には若い夫婦と二歳くらいの女の子、それに中年のオバサン。前の列には初老の男性に年齢不詳の男の二人連れ、それに聖地巡礼の途中らしい老人。とりわけ、前の席に坐っていた初老の男性が親切にしてくれた。

その初老の男性は、さほど達者でもない英語で懸命に話しかけてきては、そこにいるみんなに訳して聞かせてくれていた。どうしてそんなに親切にしてくれるのかわからない。単に異国人だからというのがその理由のすべてだとしたら、日本での自分を振り返って恥入らざるをえない。

駅に着けば着いたで、窓から物売りを呼び寄せ、サモサを買い、チャイを振舞ってくれる。

サモサはじゃがいもなどの野菜を小麦粉の皮でくるんで揚げたスナック、チャイは茶、すなわち紅茶である。インドの紅茶はこってりしたミルク・ティーが普通だが、駅売りのチャイはどちらかといえば薄目で、素焼きのぐい呑《の》みのような容器に入ってくるため飲むと微《かす》かに土の味がする。インドの人はチャイを飲み終ると、その容器を窓から叩きつけるようにして割ってしまう。私には素朴《そぼく》で魅力的な器に思え、もったいなくてどうしても割れなかったが、考えようによっては、大地のものを大地に戻すだけのことで、理にかなっていないことでもなかった。その一杯が三十パイサ、約十円。暑い車内でそれが唯一《ゆいいつ》の水分の補給源だった。

私が日本人だとわかると、乗客たちが興味を示してきた。さまざまな質問が脈絡なく乱れ飛んできたが、そのうちに私の列に坐っている中年のオバサンが、これからどこに行くのか、と訊ねてきた。いちおうパトナまでのチケットは買ってあるが、どこというあてがあるわけではない。途中によさそうなところがあれば、降りようと思っている。私がそう告げると、そこにいるみんなの間で議論になった。あそこがいい、ここへ行け、と意見が百出した。

「ラージギルに行くといい」

と言ったのはそれまで静かだった巡礼である。ラージギルには日本の寺があって旅行者をタダで泊めてくれるという。タダとは耳よりな話だった。彼は、私に大して金がないのを察知してくれていたらしい。

「それならボドガヤーのほうがいい」

そう言ったのはなにごとにもひとこと口をはさまないと気がすまないらしい中年のオバサンである。

「ボドガヤー？」

何度聞き直しても発音がわからない。前に坐っている初老の男性に地図を差し出し、その土地に印をつけてもらった。そこは私たち日本人がブッダガヤと呼んでいるところだった。

「そうか、ブッダガヤか！」

私が声を上げるとオバサンは早口でまくしたてた。それをたどたどしく前の男性が訳してくれたところによれば、ブッダガヤにも日本をはじめとする各仏教国の寺院があり、やはり無料で泊めてくれるというのだ。

ブッダガヤがブッダ、つまり釈迦《しやか》が悟りを開いたところだということは知っていた。仏教には四つの大きな聖地がある。すなわち、ブッダの生誕の地としてのルンビニー、悟りを開いた地としてのブッダガヤ、説法をはじめた地としてのサルナート、そして入滅の地としてのクシナガル。と、そのようなことは高校の世界史の時間に習った記憶があった。ラージギルも、日本の寺があるというところからすると仏教の聖地のひとつなのだろうが、私はブッダが悟りを開いた土地というのがどんなところか見てみたくなった。

「ブッダガヤに行こうかな……」

私が呟《つぶや》くように言うと、ラージギルを勧めてくれた老人の巡礼も反対せず、みんなでブッダガヤへの行き方を教えてくれた。ブッダガヤはガヤという町から少し奥に入った小さな村だという。なるほどブッダガヤとはブッダのガヤを意味する地名なのだ。そのガヤへ行くには、パトナの手前のキウルで乗り換え、さらに数時間汽車に乗らなくてはならないらしい。しかし、少々の手間はかかっても、目的地さえはっきりしていれば苦にならない。それに私は、風に吹かれ、水に流され、偶然に身を委《ゆだ》ねて旅することに、ある種の快感を覚えるようになっていた。

キウルに着いたのは夜の八時半を過ぎていた。朝から十一時間も乗りつづけたことになる。カルカッタから乗り合わせた客たちは、親切な初老の男性もひとこと多いオバサンもみんな途中で降りていたが、降りるたびに新しい乗客に申し送りをして、キウルに着いたら私を降ろしてくれるように頼んでおいてくれた。

乗り換え駅だというのに、キウルのプラットホームは暗かった。列車を待っているのか、あちこちに、うずくまり、横になっている人の姿があった。

十時近くになって、ようやくガヤ行きの列車がプラットホームに入ってきた。中に乗り込むと、私はインドの乗客に負けない素早さで、荷物棚にザックを押し上げ、よじ登った。

荷物棚は思っていた以上に快適だった。他の乗客の荷物があるため手足を思い切り伸ばすことはできないが、横になれるのがありがたかった。

ザックを枕《まくら》に横になると、眠くなってきた。私は下の座席を覗《のぞ》き込み、ガヤ、ガヤと連呼し、ガヤの手前で起こしてくれるよう頼んだ。しかし、言っていることがわからないのか、乗客はみな不思議そうな顔をしている。乗り過ごしたらそれはその時のことだ。私は覚悟を決め、眼を閉じた。

うとうとしたと思うと、下の人に呼び起こされた。ガヤが近づいてきたらしい。言いたいことを理解していてくれたのだと私は嬉《うれ》しくなった。ところが、ガヤに着くと、乗客は全員ぞろぞろと降りはじめる。なんのことはないこの列車はガヤ止まりだったのだ。

ガヤもキウルと同じように暗かった。プラットホームで人が寝ているのも変わらない。

時計を見ると、午前三時だった。宿を探すには遅すぎるし、かといってバスが走っている時刻でもなさそうだった。いずれにしても、どこかで朝になるのを待たなくてはならない。しかし、駅の構内に入ってみても、ベンチはもちろんのこと、コンクリートの床も通路もすでに誰かに占拠されている。私は駅で夜を明かすことを諦《あきら》めた。

とにかく、ひとまず外に出てみようと思い、構内を通り抜け、一歩足を踏み出して、息を呑んだ。駅前の暗い広場には、地面に横たわり、野宿しているらしい黒い影が、何百、いや、何千もあったからだ。薄汚れた布にくるまり体を丸めて寝ている男。乳を含ませていたのか赤ん坊を胸に抱き寄せたまま寝入っている女。家財道具一式ほどの大荷物を取り囲むようにして寝ている一家。小さな袋を大事そうに抱えて寝ている老人……。人間ばかりでなく、そこには、足を折り曲げ、うずくまるようにして眠っている野良《のら》牛たちの姿もあった。

駅の周辺には朝までいられるような適当な場所はなさそうだった。どこかにはあるのだろうが、この暗い街の中をうろつくのは無謀だったし、なにより億劫《おっくう》だった。どうしようか迷っているうちに、ふと、ここで俺《おれ》も野宿してみようかという気になった。しかし、それこそ危険ではないのか。周りの連中にいつ襲われないともかぎらない。いや、こんなに人がいるのだ、そんなこともないだろう。むしろ下手なホテルより安全なのではないか……。

私は長旅に疲れていたこともあって、考えるのが面倒臭くなってきた。荷物棚で寝るのも地面で寝るのも大して変わりはない、と無理にでも思うことにして、なるべく家族連れが寝ているようなところを探し、その近くにシーツを敷いた。洋服をタオルで丸め、それを枕にした。

横になると、星のスクリーンが覆《おお》いかぶさってきそうなほど間近に見えた。やがて、土の微かな温《ぬく》もりがシーツを通して体に伝わってきた。大地の熱にやさしく包まれ、緊張が解けていくにしたがって、何千人ものインド人と同じ空の下で夜を過ごしているということに、不思議な安らぎを感じるようになってきた。

とろとろしているうちに空が白みはじめてきた。身を起こして辺りを見廻すと、それまで広場に横たわっていた人々がゆっくり活動を開始していた。あちこちで火をおこす煙が立ち昇り、すでに煮炊《にた》きを始めている女もいる。

牛たちも動き出していた。私のすぐ傍《そば》で寝ていた一頭は、自分が起きると、まだ隣で眠っている子牛を頭で突つき、眼を覚まさせた。その子牛はよろよろと立ち上がると、人のあまりいない広場の端まで歩いていき、勢いよく放尿した。その様子はまったく人間と変わらず微笑《ほほえ》ましかった。

広場は息づきはじめたが、まだ六時にもなっていない。バスは動いていそうになかったが、とにかくバスの発着所まで行っておくことにした。私はザックを背負い、歩きはじめた。

広場から道に出ると、何台ものリキシャが屯《たむろ》していた。

「マスター、リキシャ？」

ひとりの車夫が声を掛けてきた。私が首を振ると、どこへ行くのかと訊《たず》ねてきた。

「ブッダガヤ」

「これに乗っていきなよ」

車夫が勧めるのを、バスで行くからいいと断ると、止《や》めておけというように顎《あご》をしゃくった。ここからブッダガヤ行きのバスの乗り場まで、歩けば三十分、リキシャでも十分はかかるという。

「本当かい」

いかにも疑わしかったが、そこにいる車夫たちはみな頷《うなず》く。それなら直接ブッダガヤにリキシャで行った方が早いし、安上がりかもしれない。

「ブッダガヤまでいくらで行く？」

「五ルピー」

「冗談じゃない」

私は歩き出した。

「マスター、ハウ・マッチ！」

声が掛かり、例によってここから値段の交渉が始まった。五ルピーが三ルピーになり、二ルピーまで下がったが、私はまだまだ値切れると思った。不満な様子を見せ、歩きはじめると、いったいいくらならいいのだと悲鳴を上げた。

「一ルピー」

私が答えると、車夫は問題にならないというように顔をしかめ、チャロ、と低く呟いた。どうやら、あっちに行け、と言っているらしい。彼の腹立たしそうな表情で、ブッダガヤまでの相場が一ルピーを超えることはわかったが、別のリキシャをつかまえなくてはならなくなってしまった。

歩いていくと、そこから少し離れたところに、一台だけぽつんと客待ちをしているリキシャがいる。いかにも仲間から爪弾きされてしまったような孤立した感じがあり、思わずこちらから声を掛けてしまった。

「ブッダガヤまでいくらで行く?」

「二ルピー」

瘦せた車夫が気弱そうに言った。

今度の交渉は二ルピーから始まり、小刻みに一ルピー五十パイサまで下がってきた。しかし、私は一ルピー二十五パイサで乗ることに決めていたので、それからさらに延々と交渉が続いた。どちらかといえば私は気が短かいタイプだったはずだが、インドに来て以来、交渉事には自分でも驚くくらい根気がよくなっていた。この時も、昼までにブッダガヤに着けばいいといったくらいのつもりでやりとりをしていた。

ついに車夫の方が折れ、私の言い値を受け入れた。

しかし、その車夫がペダルを踏み、ブッダガヤへの道を進んでいくにつれ、一ルピー二十五パイサに固執したことをしだいに後悔するようになっていった。

ガヤからブッダガヤまで、ほんの十五分か二十分程度の距離だと思っていた。それが行けども行けども着かないのだ。

しばらくして集落が見えてきた時にはここかなと思ったが、車夫はそこでひと休みするとまたリキシャのペダルを踏みはじめた。炎天下の河沿いの一本道を汗だくになりながら走らせていく。しかし、三十分たっても四十分たっても着きそうにない。これで一ルピー二十五パイサ、四十五円足らずでは余りにも申し訳なさすぎる。私があれほど一ルピー二十五パイサに執着してしまったのは、金が惜しいというより、観光客ずれしているだろう車夫に甘く見られたくないためだった。そんなつまらぬ粋《いき》がりが、結果としてこの痩せこけた車夫を不当に安い料金でこき使うことになってしまったのだ。

一時間を過ぎてようやくブッダガヤに着いた。

私は自分の強引さを詫《わ》びるつもりで一ルピー二十五パイサに二十五パイサのチップをつけて料金を払った。一ルピー五十パイサは、彼の最終的な言い値でもあった。大喜びするとは思っていなかったが、ありがとうの言葉くらいは返ってくるような気がしていた。

ところが、そんな私の感傷をあざ笑うかのように、車夫は臆面《おくめん》もなく、二ルピーの約束だった、と言い出す。私はその言い草に腹が立ち、それなら一ルピー二十五パイサしか払わない、と依怙地《いこじ》になってしまう。そしてまた、乗る前と同じような長い交渉が始まってしまうのだ。しかし、果てしない言い合いを続けながら、まさにこれがインド風なのだな、とどこかで面白がっている自分を感じてもいた。

一ルピー五十パイサでどうにか妥協が成立し、ようやく落ち着いてあたりを見渡すことができた。

リキシャの溜《たま》り場の前には巨大な石の仏塔が立ち、その横には背の高い菩提樹《ぼだいじゅ》が葉を生い茂らせている。それが釈迦の悟りをひらいたと同じ菩提樹であるはずはないが、そう言われれば信じてしまいかねない風格を備えている。

私がぼんやり眺《なが》めていると少年が近づいてきて言った。数珠《じゅず》を買わないか。それがあまりにも上手な日本語なのに驚いた。仏教の聖地ということで日本人の観光客がよく来るのかもしれない。いやいらない、と言ったあとで、ジャパニーズ・テンプルはどこにあるのかと訊ねてみた。

「ジャパニーズ・テンプル？　日本寺ね」

少年が指さした方角を見ると、広い空き地の向こうに確かに日本風の寺院の建物があった。

その寺は近づいてみるとかなり広壮な建物だった。門を入り、案内を乞《こ》うと、中から僧侶《そうりょ》が出てきた。正真正銘の日本の僧侶だった。泊めてもらえないだろうかと頼むと、多少もったいはつけたものの意外に簡単に受け入れてくれた。

通されたのは二段ベッドの部屋だったが、他に泊まっている人はいないようだった。しかも内部は清潔でいかにも快適そうだった。私はベッドに横になるとそのままぐっすりと寝入ってしまった。

6

ブッダガヤは静かで穏やかな農村だった。私はカルカッタの興奮から醒《さ》め、のんびりと日本寺での居候《いそうろう》生活を楽しんだ。

日本寺は実に居候のしやすいところだった。泊めてもらう時に出された条件は、朝夕の勤行《ごんぎょう》に参加することと、食事は提供できないので自分でするようにという、二つしかなかった。

朝夕の勤行はさほど苦にはならなかった。この寺がいくつかの宗派が協力して建てられたものであるためなのだろう、勤行も折衷《せっちゅう》され、簡略化されており、般若心経《はんにゃしんぎょう》を唱えるくらいでお茶を濁すことができたからだ。

そのうえ、しばらくすると、時々はお坊さんたちの食事に招《よ》んでもらえるようになった。これまで、ほとんど日本の食べ物を恋しいと思ったことはなかったが、暖かい御飯の上に納豆風のオクラをかけたものを御馳走《ごちそう》になった時にはさすがに感動した。

日本寺には、居候の先輩として、三人の日本人がいた。チベット人を撮りつづけているという若いカメラマンの夫婦とガヤの大学の日本語教師。カメラマンの夫婦は間もなくダライ・ラマを撮りにダラムシャーラーへ行ってしまったため、私はひとり残されたかたちの日本語教師と親しく言葉を交わすようになった。もっとも彼、此経啓《これつねけい》助《すけ》さんは、日本の大学の助手の職を投げ打ちガヤに来てはみたものの、なにかの行き違いから辞令が下りず、半年たってもまだ教壇に立てないでいるという、未《いま》だ成らざる日本語教師だった。

此経さんは、本来、日本寺の居候ではなく、近くのビルラ・ダラムシャという簡易宿泊所でインドの少年と二人で下宿していた。彼の師にあたる人が、ひとりのインドの少年を養子にし、日本に招いて勉強させようという望みを持っていた。此経さんは、インドへ来たのを幸いに、アショカという名のその少年が、日本へ行っても困らないだけの勉強をさせ、また言葉を教えるという、一種の養育係を引き受けていたのだ。ところが、アショカが体の調子を崩し、故郷のカジュラホにしばらく帰ることになったため、此経さんも一時ビルラ・ダラムシャを出て、日本寺で居候をすることにしたらしい。彼にとっても日本寺の日本食は大きな魅力だったのだろう。

此経さんによれば、アショカとの共同生活は武器を使わない戦争のようなものだったかもしれない、ということだった。互いに育ってきた環境のまったく違う二人が、狭い部屋の中で自炊をしながら一緒に暮らすのだ。相手が少年だからといって、衝突しないはずがない。どうして一生懸命に勉強をしないのか、いや、やっている。そんな単純なことが、互いの存在と文化を否定する激しい言い争いになってしまう。アショカが体調を崩したのも、その緊張の結果と考えられなくもないという。

しかし此経さんは、俺が教えてやるのだといった尊大さのまるでない、情熱的でいて、しかも謙虚な人だった。アショカは物をくれる人だけが友達だという考えを持っている。だが、それはやはり間違っているということをどうにかしてわからせてあげたい。此経さんの唯一《ゆいいつ》の望みはそのようなものだった。

此経さんとは、勤行が終ったあとに、本堂の廊下に腰を下ろし、地平線から黒い雲が湧《わ》き、雷鳴が轟《とどろ》き稲妻が走る空などを眺めながら、よく話をした。

彼らが下宿しているビルラ・ダラムシャには、走り使いをしながらひとりで生きている少年がいる。子供ながら、煙草《たばこ》は吸うわ酒は呑《の》むわというバイタリティー溢《あふ》れる少年で、此経さんは密《ひそ》かにハックルベリーと名づけていた。ある晩、アショカが下痢をし、あれを買ってくれこれが食べたいなどと甘ったれたことを言っていると、中庭の方から悲しそうな泣き声が聞こえてくる。窓の外を見ると、そのハックルベリーがひとりで膝《ひざ》に顔を埋めて泣いている。その姿のあまりの孤立無援さに胸を衝《つ》かれたという。ただそれだけの話だが、私の胸にも同じように響いてきたのは、恐らく、その泣き声に胸を痛めている此経さんの姿が、眼にはっきりと浮かんできたからかもしれない。

日本寺は、勤行の時以外は、ひっそりと静まり返っていた。しかし、酷熱の季節が過ぎ、雨季が終り、やがて穏やかな気候の冬になると、日本から団体の聖地巡礼がやって来て、ここも大変な騒ぎになるという。日本からの巡礼が姿を現わすと、この土地の少年たちは数珠売りに狂奔しはじめる。ブッダが悟りを開いたのが菩提樹の下ということで、その実で作った数珠は聖地巡礼のいい土産物になるのだが、日本人はそれをひとりで何十本と買っていってくれるからだ。

村には、紀元前三世紀にアショカ王がその基礎を築いたといわれるマハーバーディ寺を中心として、タイや台湾やチベットなどの仏教国が建立《こんりゅう》した寺院が散在していた。しかし、それがなければ、ブッダガヤはビハール州の小さく貧しい村として、およそ旅人などが訪れそうもない土地だった。にもかかわらず、私にはこの村のすべてが渇いた体に沁《し》みわたる水のように優しく感じられた。

ガヤへ続く一本道の横を流れているのは、ブッダも沐浴《もくよく》したことがあるといわれているネーランジャラーという名の河だった。河のほとりに衣料品や野菜や香辛料を商っている小さなバザールがあり、その一角に、鍛冶屋《かじや》と並んで土間に屋根をつけただけの村の食堂がある。自分で食事をしなければならない場合は、ここで定食を食べた。

夕食をとろうと、日本寺から村の食堂への道を歩いていると、向こうから草の籠《かご》を頭にのせた五、六歳くらいの少女がやってくる。少しはにかんだ様子でこちらを見つめ、通り過ぎてしばらくしてから、

「ナマステ」

と声が掛かる。こんにちは、と挨拶《あいさつ》してくれたのだ。振り向くと、少女もこちらを向いている。

「ナマステ」

私が言うと、満足そうに微笑《ほほえ》んで歩み去っていく。

しばらく行くと、人夫たちが茫然《ぼうぜん》と空を見上げている。彼らは夕焼けを眺めているのだ。遠くの地平線からこちらの頭上まで、幾層にもなった雲が刻々と色を変えてい

く。私も一緒に腰を下ろし、美しい夕焼けを見る。そこに蛇《へび》を捕まえ、グルグルと振り廻《まわ》しながら、少年たちが走ってくる。

再び歩きはじめると、遠くから太鼓の音が聞こえてくる。あれは盲目のスーラーが打っているのだ。盲目のスーラー、とは同じ語の反復にすぎない。盲目の芸人をスーラーと呼ぶらしいのだ。

その老いたスーラーは、小銭の入った器を前に、いつもブッダの菩提樹の木蔭《こかげ》に坐《すわ》っていた。片膝を立て、股《また》に太鼓をはさみ、しばらく打っている。掌《てのひら》で打ち、指だけで打ち、時に手首でアクセントをつける。単調な響きの中に身をまかせていると、突然、スーラーは低く歌い出す。豊かな声量とは言えないが、しわがれた声を張り上げる時、その声は低く地を這《は》い、インドの赤い大地をどこまでも進んでいくようだった。歌っているスーラーもよかったが、誰も近くにおらず、それが気配でわかってぼんやりしている彼を見ているのが私は好きだった。

人がいない時、彼はよく空を見上げていた。体を小さく丸め、顔だけ空に向けているのだ。薄く開いた眼には灰色に濁った瞳《ひとみ》がのぞいている。その瞳で茫然と空を見ているのだった。

ときおり、誰かが通る。すると小さく太鼓を叩《たた》き出す。しかし立ち止まった気配がないと、また空を見上げる。そして、しばらくして、再び太鼓を叩きはじめる。今度は客がいてもいなくても、彼は歌いはじめるのだった。何百何千年前のガンガの神話を、とどめることなく歌いつづける。すると、どこからか湧いたように姿を現わした子供たちがその周りを取り巻き、地べたに坐りながら聴き入るのだった。

これは此経さんに聞いた話だが、ある日、この老いたスーラーの元に盲目の少年がやってきた。母親に手を引かれ、何日も通い、スーラーの歌と太鼓に耳を澄ませていたという。老いたスーラーは、その間、彼にひとことも話しかけようとせず、ただ歌い、太鼓を叩いていたという。だが、そのようにして、何かを教え、教えられていたのだ。その少年も、生きる術《すべ》を学び、今頃《いまごろ》はどこかで太鼓を叩いているかもしれない。

近づいていくと、スーラーは低く歌いはじめる。ちょうど歌いたかったのか、私が離れていっても歌をやめようとはしない。去り際《ぎわ》に、アルミニウムの器を覗《のぞ》いてみると、小額のパイサ貨が一枚入っているだけだ。

私は食堂で夕食をとるのをやめ、バザールの八百屋で六本一ルピーのバナナと一キロ三ルピーのマンゴーを半キロ買い、スーラーのところに戻る。食堂で定食を注文すれば三ルピーかかる。バナナとマンゴーで二ルピー半、それを夕食の代わりにすることにして、半ルピーにあたるパイサ貨をスーラーの器の中に投げ入れる。

私はスーラーの歌を聞き、美しい夕焼けを眺めながら、バナナとマンゴーだけの優雅な食事をすることになる……。

しかし、この静かな村にも、当然のことながら貧しさがあり、老いがあり、病《やまい》がある。皮肉なことに、ブッダが悟りを開いたこの村は、天然痘《てんねんとう》の最流行地のひとつなのだった。

7

ある日、外から帰ってきた此経さんが、私の部屋に入ってきて言った。

「明日、アシュラムへいきませんか」

「アシュラム?」

初めて聞く言葉だった。私が訊《き》き返すと、日本語では道場と訳すのかな、と答えた。

「道場? いったい何のです」

「普通アシュラムというと、瞑想《めいそう》をしたりヨガを教えていたりするんだけれど……」

此経さんによれば、しかし明日から自分が行こうとしているそのアシュラムは、道場というより生活共同体といった方がいいかもしれない、とのことだった。孤児院であり、学校であり、職業訓練所であるような生活共同体。

「もっとも、僕もよく知らないんですけどね」

此経さんが郵便を出しにいくと、バザールの前で数人の日本の若者に出会った。言葉を交わしてみると、彼らは東京の農業大学の学生で、明日から一種のボランティアとして、バグァ村にあるサマンバヤという名のアシュラムへ行くのだということがわかった。そこは、アウト・カーストの子供たちを引き取り、農業技術を教え、村における指導的な役割を担《にな》える存在にしようというのが目的のアシュラムだという。此経さんはその話を聞き、がぜん興味を覚えてしまったらしいのだ。自分もそこに行ってみたくなり、たまたま彼らを迎えにブッダガヤの事務所に来ていたアシュラムの主宰者に会って頼むと、別に差し支えないという許しが出た。

「もし、よかったら、あなたも一緒に行ってみませんか」

此経さんの誘いはありがたかった。インドの子供たちと、そのようなかたちで親しく接する機会は、滅多にあることではない。私はしばらくインドの子供たちと生活してみてもいいなと思った。偶然に流されてここまできたのだ。偶然に誘われてそこに行ってみるのも面白いかもしれない。

次の日の午後、此経さんと私はアシュラムの事務所に出向いた。事務所とはいえただの民家にすぎず、アシュラムからブッダガヤに出てきた時のための宿泊所であるようなところだった。昨夜は農大生たちもそこで一泊させてもらったらしい。

庭先にはすでに三人の農大生が荷物をまとめて立っていた。人数が少なくなっているのを此経さんが不思議がると、残りの三人は他のアシュラムに廻って明日合流するのだという答が返ってきた。

「僕も連れていってくれませんか？」

私が言うと、リーダーらしいひとりが快活な口調で言った。

「ドアルコさんがオーケーしてくれれば、僕らはまったく構いません。それに大勢の方が楽しいですしね」

ドアルコさんというのが主宰者の名のようだった。しばらくすると、そのドアルコさんが小型トラックの用意を済ませてやってきた。ガッチリした体つきの厳しい眼《め》をした人だった。私が一緒に行ってもよいかと訊《たず》ねると、さほど歓迎するという感じではなかったが、どうぞと言ってくれた。

その庭先に、四歳になったかどうかという幼ない女の子が二人立っていた。手をつなぎ、放心したような眼でこちらを見ている。髪の毛がボサボサで、全身は垢《あか》にまみれ、衣服もみすぼらしかった。私はてっきり物乞いの子だとばかり思っていた。ところが、私たちがいざトラックの荷台に乗り込む時になると、ドアルコさんはまずその二人を荷台に乗せた。彼女たちはアシュラムに新しく引き取られていく子供たちだったのだ。

このアシュラムを運営していくのに必要な経費の一部は、海外の篤志家《とくしか》の寄付金によって賄《まかな》われている。ひとりの子にひとりの里親を見つけ、月に何十ルピーかの金を送ってもらうのだ。彼らがレストランで食べる一回の食事代を倹約して送ってくれる金で、インドの子を一年間食べさせることができるという。この訪問を機会に、農大生たちが二人分の金を定期的に送ることにしたおかげで、新たに二人の子がアシュラムに受け入れられることになったのだ。

「君たちは、この子の里親になったわけだ」

私が冷やかすと、ひとりが妙な衒《てら》いもなく言った。

「そうなんです。責任を感じますね」

彼女たちは姉妹ではなく、共にまったくの孤児というわけでもないとのことだった。しかし、これから何年と離ればなれになるというのに、家族がひとりとして見送りにきていない。恐らく、このアシュラムは、その理想にもかかわらず、アウト・カーストの人々にとっての、一種の口減らしの施設になっているのだろう。だが、不憫《ふびん》に思えたのは、そのためではなく、彼女たちの放心したような表情の奥に、もう自分の身にどんなことが起ころうと驚きはしない、といった絶望的な無関心さが隠されているように感じられたからだ。

バグァ村にあるサマンバヤ・アシュラムの農場まで小型トラックに揺られて約一時間半、荷台に下ろした尻《しり》が痛くなりかけた頃ようやく着く。その間、私と此経さん、それに三人の農大生に挟《はさ》まれ、二人の幼女は身を固くして坐っていた。

アシュラムの敷地は広大だったが、そのすべてが整備された農場というわけではなかった。野原に子供たちの小さな宿舎が散在し、その周りをある程度の田畑が取り囲んでいる。

子供たちは三、四歳から十五、六歳まで約百人がいくつかの宿舎に分かれて寝起きしている。男の子と女の子の比率は四対一くらいだという。ある年齢を過ぎるとアシュラムを出ていかなくてはならないが、行くところのない何人かは畑仕事を手伝ったり小さな子供たちを世話するという名目で残っている。

アシュラムに着くと、一緒に来た二人の幼女はそのような年長の少女に連れられて、宿舎に消えていった。一方、私たちには、彼らとは別の、ゲスト用の宿舎が一棟あてがわれた。といっても、ベッドもなければテーブルがあるわけでもない。要するに、コンクリートの床にシーツを敷いて雑魚寝《ざこね》をするより仕方のない、ただ屋根があるというだけの家だった。

私たちは、アシュラムに着いた翌日から、子供たちとまったく同じ日課をこなすことになったが、その生活のリズムの基本は、太陽と共に、というものだった。

午前四時に起床、五時に朝のお祈りを済ませると、五時半から朝の仕事が始まる。七時半に朝食、八時半から再び仕事を始め、十時半に仕事を終える。十二時に昼食、午後二時から勉強ないしは仕事をする。子供たちにとっては、四時からの僅《わず》かの時間が自由時間になる。六時に夕のお祈り、六時半に夕食、それが終ると短かい休息時間のあと就寝となる。

子供たちは夜が明けると起き、日が暮れると寝なくてはならない。それは単純に、このアシュラムに電気が来ていないからだ。電気ばかりでなく、水道も通っていない。私たちも夜中に起きていようとすれば、ローソクを燈《とも》さなくてはならなかった。

生活はすべてにわたって質素だった。

食事は三度とも粥《かゆ》が主体で、あとはたまにはチャパティと野菜のカレー汁がつくくらい。粥は米をミルクで煮たインド風オートミールというものだった。私たちにはゲストということで他に一品ついたが、それでも極めて質素な食事だった。子供たちは食堂の床に坐り、洗面器のような食器に入った粥を舐《な》めるように掬《すく》いとり、一滴もあまさず食べる。彼らにとっては、たとえどんなに粗末な食事でも、三食きちんと食べられるということだけで大変なことなのだろう。

朝の仕事はすべてが農作業である。アシュラムの外に住む農民たちの応援を受けながらも、米と野菜を彼らの力で収穫する。私も此経さんや農大生と一緒に水田につかり畑に入った。

昼からは勉強ということになっていたが、ほとんど系統的にはされていなかった。百人の子供たちに八人の先生では、それも無理のないことだった。絵を描《か》いたり字の練習をするくらいがせいぜいで、忙しい時はやはり午後も畑に出ることになった。

私たちがいる間の主なる仕事は、炎天下の田畑の雑草取りだった。

「これを中耕といいます」

専門家の卵である農大生が、私や此経さんと同じように汗を流し、顎《あご》を出しながら教えてくれた。

一日のうちで最も楽しいのは、この畑仕事が終ったあとの水浴びだった。畑の横に大きな井戸が掘ってあり、そこに飛び込んでは水遊びとも入浴ともつかない大騒ぎが始まるのだ。

初めての日は私も勢いよく飛び込んだが、想像していたより深くなかなか底に足がつかない。泡《あわ》を喰《く》って浮かび上がると、溺《おぼ》れたと思った子供たちが次々と飛び込んで来てくれた。

自由時間になると、子供たちは私たちの宿舎の前の空地に集まって来て、遊びに誘った。彼らはどんなものでも遊びに結びつけることができた。私が持っていた唯一《ゆいいつ》の文明の利器である空気枕《まくら》を見つけると、それはすぐにサッカーボールと化してしまい、三十分もしないうちにパンクさせられてしまった。もっとも、穴があいてしまったのは、私が思い切り蹴《け》った直後のことだったが。

夜はローソクの灯《あか》りの中で、農大生のミーティングに付き合った。彼らはアジア・アフリカ研究会というサークルに属しており、その活動の一環としてここに来ているため、日々それなりの締《し》め括《くく》りをしなくてはならないらしいのだ。しかし、陽気な彼らはすぐにミーティングを切り上げ、私や此経さんと雑談を始めてしまい、最後は決まって歌になった。私と此経さんは、大学時代の合宿そのままに、彼らの大学の校歌や応援歌のようなものから戦前の大陸雄飛を謳《うた》ったものまで、これまで知らなかったいろいろな歌を教えてもらっては一緒に歌った。
私がとりわけ気に入ったのは、「蒙古《もうこ》放浪歌」という歌だった。日本にいる時、一度くらいは耳にしたことがあるのだろうが、ほとんど記憶になかった。私はヒロイックな気分が嫌《きら》いではないが、その歌はあまりにも大時代すぎた。これを日本で聞いたならその過剰なヒロイズムにうんざりしたに違いない。しかし、異国を長くほっつき歩いている者にとっては妙に心に響いてくるものがあった。

心猛《たけ》くも鬼神《おにがみ》ならず
人と生まれて情《なさけ》はあれど
母を見捨てて波越えて行く
友よ兄等《けいら》といつまた逢《あ》わん

海の彼方《かなた》の蒙古の砂漠《さばく》
男多恨の身の捨て処《どころ》
胸に秘めたる大願あれど
生きて帰らむ望みは持たぬ

私には胸に秘めたる大願などなかったが、彼らとこの歌をうたっていると、インドの田舎の、さらに奥地にいるという状況も手伝って、果ての果てまで来てしまったのだなあ、といった寂寥感《せきりょうかん》に襲われたものだった。もちろん、そこにはセンチメンタルな甘さが付着しており、決して不快なものではなかった。

やがて夜が更《ふ》ける。夜更けといっても九時か十時に過ぎないのだが、午前四時起床の生活においてはもう立派な深夜だ。瞼《まぶた》が重くなる。そろそろ寝ようかという声を合図に、誰が決めたわけでもなく、最初の晩になんとなく選んでしまったそれぞれの寝場所に、タオルやシーツを敷いて雑魚寝をする。

その最初の晩のことだった。此経さんがいきなりサソリを探そうと言い出した。最近この辺では雨季のため家の中によくサソリが出るらしい。ここのサソリは猛毒をもっているので手当てが遅れると命を失なうこともある。念のために調べてみよう、というのだ。みんなでローソクをかざし、部屋の隅《すみ》から隅まで調べたがどこにもいない。此経さんの心配も杞憂《きゆう》に終った。僕たちを脅かそうと思って大袈裟《おおげさ》に言っているんでしょう、とひとりが軽口を叩《たた》きながら何気なく脱ぎ捨ててあるブーツを逆さに振ると、そこから大人の人差指ほどはあるサソリが転がり落ちてきた。声こそ上げなかったが全員が息を呑《の》み、此経さんがサンダルを片手に思い切り叩き潰《つぶ》した。それ以来サソリ探しが就寝前の儀式となった。

アシュラムでの生活は楽しいものだった。陽《ひ》が昇ると起き、陽が沈むと寝る、という生活がこれほど快いとは知らなかった。農大生は快活で屈託がなく、寝起きを共にするのにこれほど気持のいい連中もいなかった。此経さんの人柄《ひとがら》のよさは日本寺での何日かでわかっていた。アシュラムの先生たちも常に好意的な笑顔で私たちを見ていてくれていた。

先生たちはすべてインド人だったが、中にひとりだけイギリスの若い女性がいた。彼女はキャロラインといい、オックスフォード大学出身の研究者で、社会学のフィールド・ワークのために二年間も住み込んでいるのだという。インドの女性と同じようにサリーを身にまとい、他の先生とまったく同じ生活をしながら子供たちの世話をしていた。褪《さ》めたオレンジ色のサリーがよく似合う美しい人だったが、その強靭《きょうじん》な意志力に私たちは近寄りがたいものを感じないわけにはいかなかった。

ある日、彼女が子供たちの洋服を洗濯《せんたく》しているところに通りかかったことがある。ここの洗濯の仕方は豪快で、ドラム缶《カン》に湯を沸かし、そこに洋服を叩き込んで煮沸するというものだった。面白いので眺《なが》めていると、棒でドラム缶の中をかきまぜている彼女が話しかけてきた。しばらく話をしているうちに、私がいずれ近いうちにロンドンに向かって出発するだろうことを知ると、さすがに寂しそうな顔つきになった。彼女はあと一年間ここにいなくてはならないという。

「それから？」

「イギリスに帰って論文を書くわ」

「それから？」

私が訊ねると、彼女は困ったような笑いを浮かべながら答えた。

「またここに来ることになると思う」

「別の論文を書くために？」

「そうではなくて……」

彼女はそこで言い淀《よど》んだ。どうやら、大学での研究生活よりこのアシュラムでの生活に魅力を感じてしまったようなのだ。

私も何日かこのアシュラムにいるうちに、その気持がわかるようになってきた。

朝と夕の二回、先生も生徒たちも、アシュラムに住む全員が集会場に集まってお祈りをする。このアシュラムは、ガンジーの孫弟子にあたるドアルコさんが、仏教をその精神的な拠り所として作り上げたものであるため、そのお祈りの言葉もサンスクリット語の仏典から取られているということだった。

それは実に美しい祈りの声だった。

とりわけ、夕暮れどき、しだいに薄暗くなっていく集会場の中で、子供たちが高音で和する伸びやかなサンスクリット語のお祈りに耳を傾けていると、自分が本当にこの世にいるのかどうか不思議に思えてくることがあった。恐らく、その思いは私だけのものではなく、此経さんも農大生もこの祈りの場ではいつも心を震わせていたに違いない。

私は、これを聞くためだけでもここにいたい、と思ったものだった。

子供たちと仕事をし、遊んでいるうちに、誰がどういう性格を持っているかわかってきた。同じインド人の子供でも、どこにもいるような怠け者もいれば、働き者もいた。要領のいいのもいれば、ただ黙々と体を動かすタイプもいた。

農大生は仕事にも遊びにも体力のぎりぎりまで付き合い、此経さんに「僕も年かな、ああはできない」と嘆かせるほどだった。もっともそうは言っても、此経さんは此経さんで、アシュラム随一の暴れん坊の女の子と仲よくなり、どこへ行くときもまとわりつかれるようになっていた。

私は子供たちといる機会があると、ついブッダガヤから一緒に来た二人の幼女を眼で探してしまった。いつになったら笑い顔が見られるのだろう、と心配だったのだ。彼女たちは、アシュラムに着くとまず虱《しらみ》の湧《わ》いていそうな髪を坊主《ぼうず》刈りに近いほど短かく刈られ、黄色い制服のようなものに着替えさせられた。こざっぱりした彼女たちは、男の幼稚園児のように愛らしくなったが、すべてに無関心な様子は変わらなかった。二人で手をつなぎ、黙って辺りを眺めている。子供たちが遊んでいても仲間に入らず、ただぽつんと佇《たたず》んでいるだけなのだ。彼女たちの無感動な表情を見ていると、少しだが胸が痛んだ。

私たちがアシュラムに来て、三日目のことだった。

午後、ある宿舎の前で、世話係の年長の少女がそれより少し年下の少女を地面に坐《すわ》らせ、髪を結ってあげていた。櫛《くし》で丹念にとかし、髪を小さくまとめてはゴムで留めている。そこに幼女が二人でやって来た。どうするか眺めていると、二人は立ち止まり、年長の少女の手捌《てさば》きと櫛の動きをじっと見つめはじめた。それに気がついた年長の少女が笑いながら何か言った。多分、髪が伸びたら結ってあげるわね、とでも言ったのだろう。すると、意外にも、幼女たちの瞳《ひとみ》に微《かす》かな光が宿った。それが喜びの光であったかどうかはわからなかったが、その時を境に彼女たちが外界に対してしだいに興味を示すようになっていったのは確かだった。

このアシュラムにいることが、子供たちにとって本当に幸せなのかどうかはわからないことだった。彼らは、ガンジーがハリジャン、神の子と呼んだ最下層の人々の子供である。カーストにも属せず、不可触民《ふかしょくみん》として徹底的に差別されている。確かに、ここにいれば三度の食事が保証され、飢える心配はない。

しかしある日、アシュラムの外へ子供たちと散歩した折、ハリジャンだけが住んでいる集落を通り抜けたことがある。そこでは彼らと同じ立場の子供たちが、泥《どろ》の家で豚と共に眠り、あるいは妹や弟を腰にかかえて遊んでいた。そして、その彼らには、どれほど貧しくても親と一緒に暮らしているというところからくる陽気さが感じられた。アシュラムの子供たちにも、たとえ未来はどうであろうとも、このような気儘《きまま》な日々を送らせてあげたいような気がした。

だが、とにかく二人の幼女に外界への好奇心を取り戻させることができたのだ。それだけでもこのアシュラムが存在する意味はあった、などとも思った。

変化したのは幼女だけではなかった。私もまた、アシュラムでの生活によって明らかに変化した部分があった。

このアシュラムには電気も水道も来ていない。したがって、当然のことながら便所も水洗ではない。いや、水洗と言えば言えないこともないが、自動ではなく、インド式に瓶《かめ》に溜《た》められた水を手桶《ておけ》で汲《く》んで勢いよく流すのだ。石造りの便器は流れやすいように底がいくらか斜めになっている。しかし、便所には紙が用意されていなかった。インドでは、紙を使わず、すべて左手で処置するのだ。用が済むと、まず瓶《びん》の水を汲んで手を洗い、それから流す。自分で紙を用意して使うこともできなくはなかったが、私はこのインド式の便所使用法にすぐ慣れた。水は冷たくて気持がよく、なにより紙で拭《ふ》くよりはるかに清潔になった。

便所で手が使えるようになった時、またひとつ自分が自由になれたような気がした。ガヤの駅前では野宿ができた。ブッダガヤの村の食堂ではスプーンやホークを使わず三本の指で食べられるようになった。そしてこのバグァでは便所で紙を使わなくてもすむようになった。次第に物から解き放たれていく。それが快かった。

アシュラムでの予定された滞在期間は瞬《また》く間に過ぎていき、農大生が帰らなくてはいけない日が近づいてきた。私はもう少しいたかったが、ひとり居残ったところで何ができるわけではなく、無駄《むだ》飯を食って貴重な食料を浪費するだけだ。私と此経さんも農大生と一緒に帰ることにした。

帰る前の晩、私たちは全員でドアルコさんとゆっくり話す機会が持てた。

そこでドアルコさんが率直に農大生に言っていたのは、日本から農器具を送ってくれないかということと、ここに来てくれるのは結構だが、来るならもっと英語の勉強をしてからにしてくれないか、ということだった。

彼の意見にももっともな点があった。語学が堪能《たんのう》でないために、せっかくの知識を生かせない。私も此経さんも、通訳できるほどの力量はない。途中からドアルコさんは、彼らと意思の疎通《そつう》をはかることを諦《あきら》めてしまった。それが私などにもよくわかった。確かに、その善意にもかかわらず、彼ら農大生は農業技術者の卵としてではなく、ただの子供たちの遊び相手としてしか存在していなかった。

しかし、と私は思わないではなかった。かりに農場運営のうえではまるで役に立たなかったとしても、アシュラムの主役である子供たちにとっては、この異国からの陽気な来訪者たちは、単調な日々を変化のある楽しいものにしてくれる季節はずれのサンタクロースのようなものであったはずなのだ。農大生が持ってきたフィルムでの映写会や花火大会で、子供たちがどれほど喜んだかは、ドアルコさんも見て知っているはずだった。それだけでも彼らに感謝してもいいのではないか……。

もちろん、それは勝手な闖入者《ちんにゅうしゃ》である私が言葉にできることではなかった。

帰る日が来た。

午前にキャロラインと顔を合わすと、もう帰ってしまうのかと言って薄く涙ぐんだ。ひとり取り残されるような寂しさを覚えたのだろう。午後、いよいよ帰る時になると、今度は子供たちが泣きはじめた。

私たちも胸を熱くしながら別れを告げ、ドアルコさんに急《せ》かされるようにして、来た時と同じトラックの荷台に乗った。トラックが走り出すと、何人かの少女たちが涙を浮かべながら追いかけて来て、荷台のへりに坐っていた農大生に、きつく握りしめていた小さなものを手渡した。互いに見えなくなるまで手を振り、しばらくしてひとりが手を開くと、そこには一本のピンがあった。髪を留めるための何の変哲もないピン。少女たちがくれたのは、すべてピンだった。

共同生活を送っているアシュラムの少女たちにとっては、それがほとんど唯一の私有物だったに違いない。それを別れの贈物としてくれたのだ。私は荷台の奥に入っていたため手が届かなかったが、神の子らの家でのその贈物だけは、どんなことがあっても彼女たちの手から受け取りたかったな、とトラックに揺られながら思った。

日本寺に戻った私は眠りに眠った。やはりどこか緊張し、疲れていたのだろう。

8

翌日、此経さんがカップヌードルを持って部屋まで来てくれた。明日ブッダガヤを出発する予定の農大生がひとつ分けてくれたのだという。私たちは此経さんが下宿しているビルラ・ダラムシャに行き、そこでおごそかにカップヌードルの大調理をはじめた。此経さんの持っている自炊用の鍋《なべ》に、はるばる日本からやってきた麺《めん》を入れ、ヒマラヤ山中から流れてきただろう水を加え、インドの大地に育った青菜を加え、しばし煮た。それは久しぶりの豪華な昼食だった。そして、その半杯のインスタント・ラーメンは、ブッダガヤという土地に対する私の充足感を決定的なものにしてくれた。そろそろネパールへ出発してもいいな、という思いが湧いてきた。

夕方、私は農大生より先にブッダガヤを発《た》つことにした。明朝三時のパトナ行きの列車に乗るためには、今夜中にガヤに行っていなければならなかったからだ。

ブッダガヤのバザールでリキシャを雇ったが、此経さんと農大生はわざわざそこまで見送ってくれた。慌《あわ》てたのは、いざリキシャが走り出そうとすると、突然農大生たちが掛け声を上げたことだ。

「よおーっ」

と声を合わせると、手拍子を打ちはじめるではないか。このインドの地で、三本締めで送り出されるとは思ってもいなかったので、びっくりしたはずみにリキシャから落っこちそうになってしまった。見慣れない珍妙な別れの儀式にバザール中の人が笑い出し、リキシャの運ちゃんも吹き出し、大勢の笑い声が響く中をガヤに向かって走り出した。

来る時と違って、ブッダガヤからガヤへ戻るリキシャの道中は快適だった。値段の交渉も円滑にいき、ガヤまでのおよその時間もわかっている。私は座席に腰を落ち着け、周囲の景色を眺める余裕を持つことができた。

その日も夕焼けが綺麗《きれい》だった。左手に陽がゆっくりと沈んでいき、右手に流れるネーランジャラー河の水面を赤く染めている。河原には干し草を背負った象が二頭、首の辺りに農夫と少年を乗せ、のんびり歩いている。

雨季に入る直前のこの河には一滴の水も流れていない。干上がってしまい、河床が露出してしまうのだ。月の夜などは、河床の砂がキラキラと輝き、一本の長い砂漠のように見えるという。しかし、やがて雨季に入ると、ある日、不意に河上から一筋の水が流れてきて、再び河になるのだ。それはまさに、輪廻《りんね》転生《てんせい》を眼《ま》のあたりにする光景であることだろう。

いま、ネーランジャラー河は豊かな水を得て、夕陽に美しく輝いている。しだいに暮れてゆく薄紫の空気の中をなおも走っていくと、左手の林の奥で無数のホタルが乱舞しはじめる……。

ガヤには八時に着いた。私は夜のガヤを知らなかったが、繁華な通りには人々が意味もなく歩いており、露店でチャイを飲んだり、万年筆売りの口上を聞いたりしている。やはりガヤは街だった。しかし、午前三時まではだいぶ間がある。私は時間を潰《つぶ》すために映画を見ることにした。見たい映画があったのだ。

ブッダガヤにいる時、いまインドでは『ボビー』という映画がヒット中だと聞かされた。そういえば、バンコクの中華街でも、インド映画の上映館で『波琵』というタイトルで上映されていた。此経さんも、面白いからぜひ見た方がいい、と勧めてくれた。

此経さんによれば、『ボビー』はインド版『ロミオとジュリエット』といった趣向の映画だが、特にジュリエット役の女優がいいのだという。見終って、あの女優はいいなあと呟《つぶや》いたら、隣に坐っていたおばさんが、いろいろ教えてくれたという。あの女優は亭主持ちだが、この映画を撮っているうちに相手役と恋仲になってしまった。ところが、あとになって二人は近親だということがわかって、泣く泣く別れなければならなかった。それというのも、インドの映画界はある特定の家系の者に独占されているため、誰がどれくらい近い親類かわからなくなっているからなのだ、とそのおばさんは言ったという。本当か嘘《うそ》かわからないが、そのゴシップだけでも見るに価《あたい》しそうだった。私はガヤに出たら『ボビー』を見ようと思っていた。

通行人のひとりに『ボビー』を上映している映画館を訊《たず》ねると、親切にもそこまで案内してくれた。嬉《うれ》しいことに、ガヤにも夜型の人間が少なくないらしく、平日だというのに夜の九時から始まる回があった。

インド人の映画好きがかなりのものだということは日本にいる時も聞かされていた。しかし、場末の映画館にこれほどの熱気が籠《こ》もっているとは思ってもいなかった。インドの男たちの手の甲に擦《す》り傷《きず》があるのは映画のためである、という冗談のような話も信じられる気がしてきた。

切符売場の周りにはすでに人垣《ひとがき》ができている。覗《のぞ》き込むと、男たちが切符売場の小さな窓口に金を握って手を突っ込んでいる。安くていい席を取るためらしい。窓口といってもガラスに小さな穴があいているだけのものだ。五人も入れると身動きがとれなくなる。そこにさらに手が差し込まれる。無数の手、手、手。結局その夜は十五分前に切符が売られはじめた。男たちは実に三、四十分あまりもそうしてじっと待っていたのだ。販売開始になるや大変な騒ぎになる。金を払って切符を受け取っても手が抜けない。そこを無理に引っ張る。これで擦り傷ができない方が不思議なくらいだ。

ニュースがあって九時半に『ボビー』が始まる。話されている言葉はヒンドゥー語なのに、ストーリーはおそろしくよくわかる。ボビーというのは女の子の名前なのだが、とにかく、このインドのジュリエットたるボビー役の女優さんが魅力的だった。同じジュリエット女優でもオリビア・ハッセーなどと比べるとかなりふっくらとしているが、それがまたインド人の美意識にかなっているようなのだ。

ボビーはミニ・スカート姿も艶《あで》やかに、はつらつと動き廻《まわ》る。インドでは滅多に見られない姿だったので、私もインドの男たちと共にその太腿《ふともも》を凝視してしまった。しかし、考えてみれば、ミニ・スカートばかりでなく、この映画に出てくるようなものは、ここで見ている人々には無縁なものばかりだった。豪壮な家と調度、プールつきの庭、すばらしいパーティー、大金持の御曹子《おんぞうし》と美しい娘、素敵な恋、海、山、雪、花。いったいこのガヤのどこにそんなものがあるのか見当もつかない。いや、だからこそ、彼らはこのように熱い眼差《まなざ》しで見ていられるのだろう。多分、この中にあるのは彼らの夢そのものなのだ。彼らはサタジット・レイの映画など見たくもないに違いない。五十パイサもの金を払って、どうして自分たちの現実を眺《なが》めなければならない理由があろう。夢を見させてほしいのだ……。ボビーが見事な水着姿になった時と、激しい踊りをおどった時、観客席から声が飛び、溜息《ためいき》が漏れた。

十一時半に終った。二人の仲はやはり悲恋に終ったかと思いながら帰ろうとしたが、周囲の人はまだ坐りつづけている。聞いてみると、これでようやく前半が終り、食事の休憩のあと、後半が始まるというのだ。結局、ハッピーエンドで映画が完全に終了したのは、午前零時四十五分だった。

映画館を出て、暗い夜道を駅に向かった。

駅前には、ガヤに着いた夜と同じく地面に横たわる大勢の人々の姿があった。パトナ行きの列車が出る午前三時にはまだかなりの時間があったので、私も彼らに混じって横になった。

ただ休むだけのつもりだったが、知らぬ間にうとうとしてしまったらしい。気がついて時計を見ると、もう三時を過ぎている。しまった、と思ったが、どうせインドの列車のことだ、時間通りのはずがない、とタカをくくり、プラットホームに行ってみると、案の定まだ到着すらしていなかった。

列車がようやくガヤの駅を出発したのが四時半。特等席の荷物台にはすでに先客がいたが、普通の座席にはどうにか坐れた。

朝七時半にパトナに着いた。

駅からガンジス河の岸辺までリキシャで行く。そこで船に乗り換え、河を横断するのだ。横断するといっても、流れがあるため、真横に突っ切るわけにはいかず、斜行することになる。しかも河幅はとてつもなく広い。渡り切るのに、優に一時間はかかった。

ガンジスの流れは褐色《かっしょく》に濁り、どういうわけか大量の蓮《はす》の花が水面に浮いていた。

対岸の船着き場からは鉄道駅まで細い道でつながっている。ぞろぞろと歩いていく乗客のあとについていくと、駅舎など見掛けないうちにいきなり剝《む》き出しのプラットホームに出てしまった。

汽車がネパールとの国境の町、ラクソール方面に向かって発車したのは十一時過ぎだった。席を見つけ、少し落ち着いたところに、車掌が通りかかった。私は乗車券を持っていなかったので、どうしたらいいのか訊ねた。すると、ここで発券するから十八ルピー五十パイサよこせと言う。いくらなんでも十八ルピー五十パイサは高すぎる。せいぜい七、八ルピーがいいところだ。

そこで間違いないのかと確かめると、車掌は間違いないと断言する。そして、八ルピー五十パイサがフェアー、つまり通常の料金で、残りの十ルピーはイクセス・チャージ、無賃乗車の超過料金なのだ、と付け加えた。そんな馬鹿《ばか》な、と私は思わず叫んでしまった。こちらは超過料金を取られるような悪いことはしていない。乗車券を持たないで乗ってしまったのは、船着き場からプラットホームまでの間に出札口がなかったからだし、なにより無賃乗車をするくらいなら車掌を呼び留めなどするはずがないではないか。車掌は私の説明を黙って聞いていたが、やがてひとことで片づけた。

「それが規則なんだ」

私はもう一度説明を繰り返したが、車掌は規則だ、規則だの一点張りで譲ろうとしない。私はひとまずこの場は引き下がることにした。しかし、金を渡す時に、名前はなんというのか、と訊ねた。車掌は憤然としたように大声で名乗った。私はその名を受け取ったばかりの乗車券に書き込んだ。多少は腹立ちまぎれの嫌《いや》がらせという気味もなくはなかったが、ラクソールに着いたら鉄道の責任者に糺《ただ》してみようと半ば本気で思ってもいたのだ。

似たようなことはタイでもあった。国境へ向かう列車の中で料金のトラブルがあった。あの時は仕方なく諦めてしまったが、今度はそう簡単に折れないぞ、などとひとりでいきり立っていると、隣の車両に移っていったはずの車掌が戻ってきて、計算違いだった、と言う。そうだろう、いくらなんでも、十ルピーの超過料金は高すぎる。ところが、間違いは料金の方で、八ルピーのところを八ルピー五十パイサ請求してしまったのだと言う。つまり五十パイサを懐《ふところ》に入れようとしたが、露見するのを恐れて返しにきたということのようだった。

面白かったのはその時の車掌の態度だった。自分に非があるのは明らかなのに、決して謝ろうとしない。単に誤りを訂正にきたという態度なのだ。その様子を見ているうちに、サマンバヤ・アシュラムにいたイギリス人のキャロラインが言っていたことを思い出した。

ある時、キャロラインが、なぞなぞでも出すような調子で質問してきた。英語やフランス語やたぶん中国語や日本語にもあって、ヒンドゥー語にない言葉が三つあるが、それが何かわかるか。私が首を振ると、キャロラインが教えてくれた。

「ありがとう、すみません、どうぞ、の三つよ」

この三つの言葉は、本来は存在するのだが、使われないためほとんど死語になっているという。使われない理由はやはりカーストにあるらしい。異なるカースト間では、たとえば下位のカーストに属する者に対してすみませんなどとは言えない、ということがあるらしいのだ。そう言われてみれば、確かにインドでその種の言葉を耳にしたことはなかった。

私は、貧しき者に五十パイサを恵んでやったというような顔をして引き上げていく車掌の後姿を、呆然《ぼうぜん》と見送った。

途中でいちど乗り換え、ネパールとの国境の町であるラクソールに着いたのが夜の九時。もうその時までには、料金のことを糺《ただ》すなどという気力はなくなっていた。

駅前の客引きに誘われるままに、四ルピーで汚い宿のドミトリーに泊まった。一晩寝るだけだからどんな宿でもかまわないと思っていたが、じめじめとしているうえに南京虫《ナンキンむし》の巣窟《そうくつ》という大変な宿だった。

翌朝、四時半に起き、リキシャと交渉し、五ルピーで国境を越えてもらう。インド側のラクソールとネパール側のビルガンジの間に点々と出入国管理事務所や税関の建物があり、リキシャでひとつひとつ寄ってはチェックしてもらわなければならない。私はネパールのビザを持っていないため、二十五ルピーのビザ代を取られはしたが、税関はほとんどフリー・パスに近かった。なにしろ朝が早かったため私が一番乗りで、どこも役人を叩《たた》き起こすことになり、彼らが寝ぼけている間に通過してしまったということもあったのだが。

いずれにしても、この早朝の国境越えのおかげで、私はビルガンジから午前六時発のカトマンズ行きのバスに乗ることができたのだった。

第八章　雨が私を眠らせる　カトマンズからの手紙

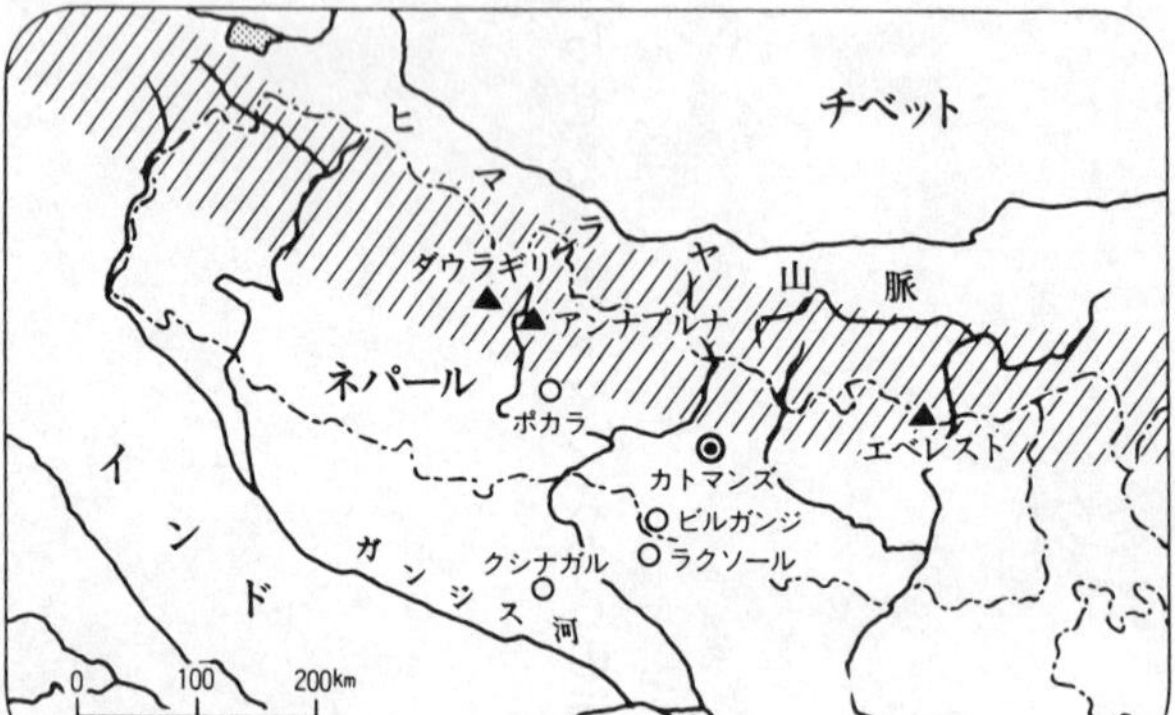
チベット
ヒ
マ
ラ
ヤ
山
脈
ダウラギリ
アンナプルナ
ネパール
ポカラ
カトマンズ
エベレスト
ビルガンジ
ラクソール
クシナガル
イ
ン
ド
ガ
ン
ジ
ス
河
パトナ
0
100
200km

また雨が降っています。

カトマンズに着いて以来、毎日うんざりするくらい雨に降りこめられています。雨に濡《ぬ》れるためにカトマンズへ来たようなものです。雲の切れ間を縫って外に出ても、三十分も歩かないうちに雨が降り出し、舗装されていない道はすぐぬかるんできます。足元に注意しているうちにしだいに前屈《まえかが》みの姿勢になり、つい角を曲がるのを忘れて道を間違えてしまったりします。雨は、インドでは涼しさを呼ぶ恵みの雨でしたが、このカトマンズでは街を冷え冷えとさせる陰鬱《いんうつ》なものでしかありません。とりわけ旅行者にとって冷たい雨というのがどれほど辛《つら》いものかを思い知らされました。

そのことは、ビルガンジからカトマンズへのバスの中である程度は予期できていてもよかったのです。

ビルガンジからカトマンズまで距離にすれば百八十キロにすぎません。ところが、この百八十キロを走るのに、バスは朝の六時から夕方の五時半までかかってしまったのです。それというのも、すべては雨に原因があります。カトマンズは千四百メートルもの高所にある盆地なため、そこへ行くにはかなり険しい山道を通っていかなくてはなりません。ハイウェイを飛ばすようなわけにいかないのは当然です。それにしても、十一時間半はかかりすぎです。

山道の間はまだよかったのです。崖《がけ》っぷちの細い道はかなりの恐怖でしたが、とにかく走ることができました。ところが、山から盆地に下り、カトマンズに近づいていくにつれて、道のぬかるみがひどくなってきました。そして、ついにカトマンズまであと二キロというところでバスが止まってしまったのです。道が雨で泥沼《どろぬま》のようになっており、タイヤが空廻《からまわ》りしてしまいます。運転手は乗客を降ろし、近所の農家から木切れを借り、その上を走らせようとするのですが、タイヤは空転するばかりです。ついに、乗客全員で後押しをする羽目になりました。泥につかりながら必死に押すと、どうにかバスは動き出します。ホッとして乗り込み、汗を拭《ふ》いていると、また止まってしまいます。仕方なくまた降りて、後押しをします。走っては止まり、降りては後押しをする。そんなことを何回繰り返したことでしょう。僅《わず》か二キロを行くのに四時間もかかってしまいました。汗はかくは、靴《くつ》は泥まみれになるはと、散々でした。しかし、とにかくカトマンズに着けただけでもよしとしなければいけなかったようです。あとで知ったのですが、カトマンズからポカラへ行く道などは、やはり雨のため不通になってしまったといいます。

そんなふうであったにもかかわらず、カトマンズへのバスの旅は楽しいものでした。それはネパールの風景が僕たち日本人にとってはごく親しいものであったからかもしれません。山国のためでしょう、狭い耕地にもよく手が入っており、山の斜面には段々になった田や畑があるのが見えます。そして、その畔《あぜ》を竹で編んだ雨具をかぶった農夫が歩いていきます。稲の緑は小雨に濡れて鮮やかです。うとうととし、眼《め》を醒《さ》ますと、いま自分は東北のどこかを走っているのではないかと錯覚してしまいそうになります。

カトマンズへ向かうバスの中には、僕のほかにもかなりの数のヒッピーが乗っていました。アメリカやヨーロッパからのヒッピーたちにとって、カトマンズはモロッコのマラケシュやインドのゴアと並ぶ三大聖地のひとつなのです。とりわけカトマンズは、西からの旅人にとっては地の果て、行きどまり、という印象があるため、ユーラシア巡礼の最後にして最大の目的地になっているようなところがあります。

そのカトマンズに、どんなものを求めて行くのかは人さまざまです。安く手に入れられるハシシの場合もあるだろうし、ヒマラヤでのトレッキングが目的の人もいるでしょう。その人口より多い数の神が祭られているというカトマンズに未知の精神世界を求めていく人もいるはずです。

しかし、たとえその目的がどんなものであれ、カトマンズという街が金のない若者たちにとって長逗留《ながとうりゅう》するのに適した土地であることは確かなようです。インドよりさらに物価が安く、食べ物の種類も豊富です。しかも、インドの苛烈《かれつ》さから比べると、あらゆる意味において穏やかで優しい土地のようなのです。そこで各国のヒッピーたちが吹き寄せられるようにしてやってくるというわけです。

とりわけ、空路でなく陸路で来るようなヒッピーには、何年も旅を続けたあげくインドのビザを切らしてしまい、いったんネパールに出国してビザを取り直すとともに、カトマンズで英気を養うというような連中が少なくありませんでした。パトナからの列車の中やラクソールの安宿などでも、陸路カトマンズに向かうヒッピーたちによく出会ったものです。彼らは一様に汚れ、疲れた顔をしていました。駅の売店で金のことで言い争いを起こし、その隙《すき》に仲間が万引きするという光景すら眼にするようになりました。

カトマンズに着くまで、バスの運転手は峠の茶屋といった感じの店に止まっては頻《ひん》繁《ぱん》に休憩します。はじめのうちは我慢していたのですが、昼前になってどうしてもチャイを一杯飲みたくなってきました。倹約していたわけではなく、肝心のネパールの金をまったく持っていなかったのです。朝が早かったため国境の銀行が開いておらず、どこかで替えなくては、どこかで替えなくてはと思っているうちに、ついネパール・ルピーを持たないままバスに乗ってしまったのです。ビルガンジからのバスの料金がインド・ルピーでもよかったのも、ついなんとかなるだろうと甘く見させる原因になったようです。

しかし、なんともなりません。困ってしまい、同じバスに乗っていた二人連れのヒッピーに、インド・ルピーと交換してくれないかと頼んでみました。すると、彼らはチャイを飲むくらいの金なら貸してやると言ってくれました。しかし、借りてもどのようにして返したらいいかわからない。私がそう言うと、彼らは口を揃《そろ》えて言いました。

「カトマンズにしばらくいるつもりなら、どこかできっと会えるさ」

彼らは何度かインドとネパールの往復をしているヒッピーのようでした。二人連れのヒッピーは一ルピーほど貸してくれました。これもあとで知ったのですが、一ネパール・ルピーは約二十円に相当します。したがって一杯十パイサのチャイは二円ということになります。物価の安いインドと比べても、確かに「安い！」と言わざるをえません。僅か一ルピーで、十杯ものおいしいミルク・ティーが飲めるのですから。

安かったのはもちろんチャイばかりではありませんでした。ようやくカトマンズの長距離バスのターミナルに着き、その夜泊まるべき安宿を求めて歩いていくうちに、いつの間にかヒッピー風の若者たちが行き交う細い賑《にぎ》やかな通りに出てきました。そこには、民芸品の土産物屋が並び、あるいは闇《やみ》ドル買いがうろついています。相変わらず我が輩の勘は冴《さ》えておる、などとひとりで悦に入り、比較的まともそうな男女の二人連れに宿の紹介をしてもらいました。彼らが教えてくれたのは、そこから少し離れてはいるもののなかなか悪くない宿でした。とりわけ感動したのはその値段です。一人部屋で五ルピー、四人部屋なら三ルピーでいいというのです。一人部屋はあいにくふさがっていましたが、僕は喜んで六十円のドミトリーに泊まることにしました。

安いのは宿ばかりでなく、食堂も同じです。何軒かで食べてみましたが、どこもインドの二、三割方は安い。僕がよく食べにいくようになったのは「イート・アット・ジョーズ」という店です。飯を食うならジョーの店、とでも訳すのでしょうか。このジョーの店が気に入ったのは、西洋風の料理に妙な味つけをしていないからでした。ほかの店の料理には、想像を絶する、修復不能な味つけがされていることが多いのですが、この店のものは、ほとんどがあとから塩と胡椒《こしょう》で自分の好きなように味をつけることができるのです。そのため、いつ行ってもこの店はヒッピーたちで満員です。恐らくは、何千、何万というヒッピーたちが、妙な味つけするくらいならまったくしない方がいいのだ、と口を酸《す》っぱくして言いつづけてきた成果がこの味つけとなったに違いありません。先人の苦労が偲《しの》ばれます。

この店で久し振りに牛肉を食べました。厳密に言えば牛ではなく、水牛です。これをバフ・ステーキと称してメニューに載せているのです。バフはバッファローの略のようです。かなりパサパサはしていますが、これに野菜入りの炒飯《チャーハン》とチャイを注文して五ルピーにすぎないのですから文句は言えません。

カトマンズは確かに長期滞在のしやすそうな街でした。それは物価の安さだけが理由ではありません。ネパールでは人と人の関係がインドよりはるかに丸みを帯びているように思えるのです。たとえばジョーの店にしても、勘定は出口で自分の食べた物を口頭で言い、それにもとづいて払うというシステムをとっています。ごまかそうと思えばいくらでもごまかせそうですが、面白いもので、そうなると逆にすれっからしのヒッピーでもきちんと申告せざるをえなくなってしまうようでした。

このカトマンズがとりわけ僕たち日本人に安らぎを与えてくれるのは、街を行く人々の顔立が日本人によく似ているからです。すべての人がそうだというわけではないのですが、全体としてやはり彫りの深いアーリア系より、扁平《へんぺい》な顔立のモンゴル系が目立ちます。インド人を僕たちと同じ東洋人という言葉で括《くく》ることはためらわれても、ネパール人なら躊躇《ちゅうちょ》しなくてすむといった親しさが感じられるのです。

ある日、カトマンズの中心から少しはずれたところにある住宅街に行き、家探しをしました。カルカッタのホテルで出会ったテニスの選手を訪ねようと思ったのです。泥の道を歩き、探しに探してようやく訪ね当てました。ところが、応対に出てきてくれたのは、彼ではなく、父親でした。カルカッタからまだ帰っていないというのです。僕が彼と知り合った経緯を説明すると、盛んに残念がってくれました。わざわざこんなところまで訪ねてくださって本当にありがたい、たとえ息子がいなくても本来なら私がカトマンズを案内してさしあげなくてはいけないのだが、いま病気療養の身であるためそれができない、非礼をお許しくださいと言うのです。社交辞令だとしても嬉《うれ》しい言葉でした。その父親の優しい物腰が、失望してもいいはずのこちらの気持をむしろ暖かくしてくれるようでした。

ではまたしばらくして来てみます、と言い残し、挨拶《あいさつ》をして帰る途中、ふと、いままであの父親とどんな言葉で話していたのかがわからなくなります。ネパール語のはずはないし、英語でもない。ましてや、日本語であるはずはありません。とすれば、あとは身振り手振りだけで話していたということになります。しかし、それにしてはきちんとした会話のやりとりをしたあとの深い満足感があります。なぜだろう、不思議になります。もしかしたら、僕たちはネパール語でも日本語でもない、幻の共通語で話していたのではないだろうか、などと思えてきます。

ジョーの店には十歳くらいの少年が働いていて、ひとりで客を捌《さば》いています。注文を取るのも彼なら、できた料理を運ぶのも彼です。客の注文を聞くと奥の調理場に向かって独特の調子で声を掛けます。僕にはそれがとても愛らしく聞こえるのですが、メニューが英語で書かれているためその声に癖のある英語の単語が混ざります。柄《がら》の悪いヒッピーは、それがおかしいと言って、「ワァーヒアーワァーヒアー」と大声で真似《まね》をします。そんな光景を眼にすると、自分の弟が辱《はずかし》められたような気がして、思わずその男を殴り飛ばしたくなってしまいます。

欧米のヒッピーたちがうるさく騒いでいるような時に僕と視線が合ったりすると、少年は大人びた笑いを浮かべて困ったものだというように首を傾《かし》げます。すると僕も、奴《やつ》らはやっぱり奴らだもんな、と頷《うなず》きます。それで互いの気持が充分にわかり合えるような気がするから不思議です。

もっとも、わかり合えるといっても限界があるのは当たり前で、混雑が一段落したあとで、店の片隅《かたすみ》に腰を下ろし、陶然と煙草《たばこ》を吸っているような時の少年には、あたかもその周囲に外界を拒絶する薄い膜がかかっているようでした。

カトマンズはくすんだレンガ色をしています。

実際に家屋がレンガで建てられているということもありますが、そればかりでもありません。いたるところにある寺院や、路地を曲がると唐突に立っている像などに、なぜかレンガ色の粉が塗りつけられているのです。その印象は、三人、四人と連れだって街を歩いている女子学生が、揃ってみな渋いレンガ色のサリーを身につけていることによっても強められます。

しかし、モノトーンのこの街にも時として鮮やかな色彩が溢《あふ》れることもあります。

着いて四日後に祭りがありました。

朝食後に街の中心のダルバール広場に行ってみると、子供たちが白、黒、赤の粉で顔を塗りたくり、牛の角をつけた帽子をかぶって練り歩いています。眼にアクセントのある化粧をし、髭《ひげ》を描いたりしてもいます。どうやら、肩からぶらさげている二本のレースは牛の前足のつもりのようです。見物人は要所要所で待ち構えており、子供たちに大きな葉で包んだ果物や菓子を与えます。子供たちには親がついており、その貰《もら》い物をかねて用意の麻袋に手際《てぎわ》よく入れていきます。衣装といい化粧といい、かなり派手な色を使っているのですが、訊《き》いてみると、この行列に出るのはここ一年に不幸があった家なのだそうです。祭りといってもその一家の行進が散漫に続くだけで、祭りの真の意味がわからない僕などには大して面白味のないものでしたが、午後、行列が終ったあとで、人眼につかない場所に坐《すわ》り込み、親子でその戦果の中身を熱心に選《よ》り分けている光景を見かけたりすると、その和やかさにこちらまで楽しくなってくるようでした。

晴れた日には、一日三ルピーの自転車を借り、世界最大といわれる仏頭のあるボダナートや古い都のパタンといった郊外の町に行ったりもしました。

カトマンズの郊外にはチベット絨緞《じゅうたん》を売る店がいくつもありました。それはこのネパールに、革命を嫌《きら》い、ダライ・ラマと共に故郷をあとにした、さまよえるチベット人のキャンプが多くあるからです。

パタンからの帰りには、街道沿いのあばら家で男が絨緞を織っているのを見かけました。自転車を止め、戸口に立つと、男は顔を上げ、微笑《ほほえ》みを浮かべます。

「ナマステ」

僕が挨拶《あいさつ》すると、彼も織機に視線を戻しながら挨拶を返してくれます。

「ナマステ」

そのあとは小さな織機に向かい、ただ黙々と絨緞を織っていきます。室内には売り物らしい絨緞や椅子《いす》用の敷き物が置いてあるにもかかわらず、いっこうに売りつけようとしません。

一時間ほど見ていましたが、ほんの数センチしか進みませんでした。しかし、織り上がった半分だけを見ても、単純な紋様の力強い美しさははっきり伝わってきます。奥を覗《のぞ》くと、ネパール国王の写真と並んで、ダライ・ラマの写真が飾られているのが見えました。流浪《るろう》の民だからこそ、このように小さい織機で、このように美しい織物を作り出せるのだろうか、と思ってみたくなります。

自転車を乗り廻したのは、郊外ばかりではありません。

ある日、自転車で目的もなくカトマンズの街を流していると、広場で誰かがソフトボールの試合をしています。よく見ると、一方は日本人のチームのようです。なつかしくなって近寄っていきました。外野を守っているひとりに訊《たず》ねると、相手はアメリカ大使館で、この広大な広場も彼らの所有する土地だということでした。ホーム・ベースの付近でしばらく観戦していると、日本チームから人数が不足しているので加わってくれないかと勧められました。もちろん、喜んで参加しました。ソフトボールとはいえ、打ったり走ったりと動き廻り、久しぶりに気持のいい汗をかくことができました。日本側は大使館と海外青年協力隊の混成チーム、そのためか二試合やって二試合とも惜しいところで負けてしまいました。しかし、終ったあとには素晴らしいおまけがついており、海外青年協力隊の若者たちに中華料理屋で冷たいビールとワンタンを御馳走《ごちそう》になりました。

それが縁で彼らと往き来をするようになりましたがこれが大変に面白かった。たとえば、ここで土木関係の設計をしている真面目《まじめ》なひとりは、日本版『ボビー』を地でいっているような大恋愛をしている最中でした。

誘われて、彼の家に行ったことがありました。彼が借りているのは、暗い階段を登るとそこに部屋があるだけという普通の民家でした。家は木造の五階建てなのですが、彼はそのすべてを借りていて、一階はただの土間、二、三階をネパール人にまた貸し、自分は四階に住み、五階を製図室にしているということでした。全体を三百ルピーで借り、二、三階から百六十ルピー貰《もら》っている。つまり、彼の部屋代としては百四十ルピーを支払っているにすぎないらしいのです。僕らが泊まるようなおんぼろロッジのシングル・ルームですら一月にすれば百五十ルピー程度はするのですから大変な倹約といわなくてはなりません。他の隊員の中には千ルピーを超す家を借りている人もいるとのことです。

なぜそれほどまでして倹約しているのかわからないのでそれとなく訊ねると、やがて重い口を開くようになりました。誰かに聞いてもらいたかったのかもしれません。彼にはネパールの少女でどうしても結婚したいという相手がいたのです。しかし、隊員は結婚してはならないという内規がある。そこで彼は考えた。彼女は日本に来てはくれないだろう。それなら自分がネパールに住みつこう。しかし、いくら手に職があるとはいえ、ここでは隊員の時ほどの給料は得られないだろう。それなら、隊員でいる間に金を貯《た》められるだけ貯め、家の一軒でも建ててしまおう……。

彼はそのため二年の任期をさらに延長してもらうべく手続きをすませたといいます。写真を見せてもらうと、その少女はたいそうな美人です。

「うらやましい」

僕が冗談めかして言うと、彼は一転して暗い表情になりました。

「せっかくのその計画も、先週崩れてしまったんですよ」

「相手の家族にでも反対されたの？」

沈んだ顔の彼に訊ねると、いや、と首を振ります。

「両親には気に入られていたんだけど……」

「何かほかに障害があるの」

「障害ではなくて、彼女が……」

先週、彼女の家に遊びに行き、正式に話を進めようとすると、突然、彼女が全員の前で自分には別に好きな人がいるのだと告白しはじめたそうなのです。彼だけでなく、両親も驚き、相手を問い質《ただ》すと、札つきのプレイボーイの名が出てきたといいます。

「彼女は騙《だま》されているんです。そいつは悪い奴で、妊娠させた女を捨てて、死なせたという評判があるくらいでね」

なんでもそのプレイボーイは国王の血縁につながる名門の子弟であるとかで、ライバルとしてはかなり強敵だと思えるのですが、恋する男に現実は見えないらしく、彼女があんなことを言い出したのは、その男が本当に好きだからではなく、「貞操を奪われてしまった」からにすぎないのだ、と言うのです。ネパールでは若い男女が二人だけで同席すれば、それだけで何かがあったとみなされてしまう。だから自分はネパールの伝統を重んじてそのような機会を作ろうとしなかった。それが失敗だった。その隙《すき》に札つきにしてやられてしまった。彼女も彼が悪い奴というのは承知なのだろうが、一度「身を許す」と弱くなるのだろう……。貞操を奪う、身を許す、などという古めかしい言葉が何度も出てくるのが面白く、そのたびに半畳を入れたくなりましたが、彼の真剣な顔つきに口をつぐまざるをえませんでした。

相手の心はそのプレイボーイにあるとみるのが自然ですが、恋する男はいじらしくも、きっといつかは騙されていることに気がつくに違いない、と信じているのです。だから彼は、昨日、知人を通じて申し入れたと言います。自分は待つ、彼女の心が変わってさえくれればいつでも結婚する、と。まったく『ボビー』も顔負けという情熱です。もちろん『ボビー』は相思相愛ですから、片思いになってしまった彼の場合とは違いますが、恋におちるということの滑稽《こっけい》さにおいては変わるところはありません。そして、その滑稽さにはどこかしら輝かしいものが付着しているというところも似ていないことはありません。

悲恋に終りそうであるのにもかかわらず、聞いていて思わず微笑が浮かんできそうになります。羨《うらや》ましいな、とも思います。とにかくこれほど激しく恋することができるというのはなにかであるはずです。

恋は成就《じょうじゅ》すればいいけれど、しなければしないでもいいような気がします。この恋がもし成就したら、その時、滑稽さと輝かしさの失《う》せた本当のドラマが始まるのかもしれません。違った文化のなかで育った二人が一緒に暮らしていく困難を考えると、悲恋に終った方がいいのではないかと、余計なおせっかいを焼きたくなってきます。

着いて一週間ほどは、カトマンズという街の温《ぬく》もりに包まれて、落ち着いた心楽しい日々を送っていました。ところが、日がたつにつれて、しだいに雨が鬱陶《うっとう》しくなり、何をするのも億劫《おっくう》になってきました。雨に降りこめられ、部屋でぼんやりすることが多くなっていきました。

それでもしばらくの間は、高級ホテルのブック・ストアーへ行ってペーパー・バックのミステリーを買ってきたり、ザックから『李賀《りが》』を引っ張り出して漢詩を眺《なが》めたりしていたのですが、やがてそれすらも面倒になってきました。ベッドでゴロゴロしているよりほかに何もする気が起こりません。原因はわからないのですが、とにかくやたらと体が怠《だる》いのです。食べて寝るだけという怠惰そのものの日々を送るようになってしまいました。

相部屋の三人を見ても、みな同じようにベッドの上でグダグダしているばかりです。アメリカ人二人にオランダ人。年齢や経歴は違っていても、長い旅の果てにようやくここに辿《たど》り着いたという点に変わりはありません。話を聞くとそれぞれに刺激的な旅をしてきているのですが、誰もが疲れ切っています。そしてこの雨です。雨のカトマンズでは、ハシシを吸う以外には、与太話《よたばなし》をするくらいしか時間をやり過ごす術はありません。しかも、その与太話といえば、どこの国は安かった、どこの国はフレンドリーだった、どこの国は物騒だったとかといった類《たぐ》いの品評会ばかりです。はじめは私の知らない土地の情報を手に入れられると喜んでいましたが、そのうちに聞いているのが辛《つら》くなってきました。一方が食事をおごってもらったと言うと、一方は釣り銭をごまかされたと言う。たったそれだけのことでその国と人を決めつけてしまうのです。聞いていると、しまいには、どっちでもいいじゃねぇかそんなこと、と怒鳴りたくなってきます。辛くなってきたのは、旅人のそのような身勝手さと裏腹の卑《いや》しさは僕の体にも沁《し》みついてしまっているに違いない、と思えてきたからです。

もう、はるか以前、というような気もしますが、日本を出てくる前に、高名な歴史学者の書いたユーラシア紀行を読んだことがあります。それは、自動車でユーラシアの国々を移動しながら、日本人としての自分を見つめ直そうとする真摯《しんし》なものでしたが、読み終ったあとに微妙な違和感が残りました。

歴史学者は、行く先々で日本のヒッピーに出会います。そして、自分の生き方に疑問をもって旅をつづけている彼らの姿に深く感動するのです。確か、彼らのひとりを評するのに「その毅然《きぜん》とした眸《ひとみ》には孤独な精神の曠野《こうや》があった」というような一節があったと記憶します。私にはそのロマンティシズムがあまりにも稚《おさな》すぎるように思えたのです。

しかしいま、歴史学者が出会ったヒッピーたちと同じような旅をしてきて、そのロマンティシズムが稚いばかりでなく、表層しか捉《とら》えていなかったということがわかります。彼には、ヒッピーたちが発している饐《す》えた臭《にお》いを嗅《か》ぐことができなかったのです。

ヒッピーたちが放っている饐えた臭いとは、長く旅をしていることからくる無責任さから生じます。彼はただ通過するだけの人です。今日この国にいても明日にはもう隣の国に入ってしまうのです。どの国にも、人々にも、まったく責任を負わないで日を送ることができてしまいます。しかし、もちろんそれは旅の恥は掻《か》き捨てといった類いの無責任さとは違います。その無責任さの裏側には深い虚無の穴が空いているのです。深い虚無、それは場合によっては自分自身の命をすら無関心にさせてしまうほどの虚無です。

ある時、国立ビル病院の看護婦さんが僕たちの部屋に遊びにきました。彼女は同宿のアメリカ人のガールフレンドなのですが、いつの間にか部屋の全員と親しく口をきくようになっていたのです。その彼女が、入ってくるなりこんなことを話し出しました。

「昨日の夜、フランスの男の子が死んだわ。意識不明でかつぎこまれたんだけど、衰弱しきっていたのね、二日も保《も》たなかった。とても美しい顔の男の子だったらしいわ。それが死ぬ時、どういうわけか薄く糸のような血を吐いたんですって。恐ろしいくらい綺麗《きれい》だったたって……」

原因はなんだとオランダ人が訊ねると、看護婦はこともなげに言い放ちました。

「もちろん、クスリのやりすぎよ」

その若者はボンベイあたりで本格的な阿片《あへん》の吸引をしていたらしいのですが、さすがにその晩は誰もハシシをやる奴はいませんでした。もうひとりのアメリカ人が、もういやだ、俺《おれ》はここから下りていく、と叫び出しましたが、彼に金がないのはみなが知っていました。金のある連中は、雨季を避けて、とっくにインドに下っていたのです。

　こんな話を思い出します。

　昔、テヘランの西北に「秘密の花園」と呼ばれる地があったといいます。十一世紀から十三世紀にかけて西域を荒らした暗殺者集団、イスラム教の一派であるイスマイリ派の根拠地がそう呼ばれていたのです。四千メートル級の山に堅固な城を築いた彼らは、そこから無数の暗殺者を送り出しました。彼らはいかにしてその暗殺者を生み出していったのか。書物によれば、それは次のような方法だったということです。教主ハッサンの腹心の男たちが村々を訪ね歩き、これはという屈強な若者を見つけると、巧妙に、ある薬を飲ませてしまう。飲まされた若者は幻想の中に浮遊し、我を忘れる。その隙に、男たちは若者を「秘密の花園」に運びこんでしまうのです。そこで彼を待っているのは、地上と隔絶された夢のような生活です。数日間の官能的な時を過ごした後、彼は再び薬を飲まされ、村に送り返されます。しかし、そこには、以前と変わらぬ貧しく暗い生活があるだけなのです。「秘密の花園」での数日を知ったあとでは、その生活の単調さが以前にも増して耐え難く感じられるようになります。そこに再び腹心の男がやって来て、若者に言うのです。楽園に戻りたかったら教主様の命に服せ、と。

このようにして、多くの若者がイスマイリ派に敵対する者を屠《ほふ》るために送り出されていくことになった、といいます。

暗殺者になることを受け入れた若者は、出かける直前に薬を与えられてこう言われます。暗殺に成功したら楽園に連れていってやろう、万一失敗しても、だから殺されても、やはり楽園に行けることには変わりないのだ、と。そして、その薬こそハシシだったというのです。西欧の言葉で暗殺者を意味するアッサシンは、ここから来ていると言われています。

それにしても、糸のような血を吐いて死んでいったというフランス人の若者は、いったい誰を殺し、何を滅ぼそうとしていたのでしょう。自身の内部の文明というものか、社会というものか、家族というものか、それとも自分自身なのか。果して、彼は楽園を垣間《かいま》見ることができたのだろうか……。

確かなことは、彼にとって自分自身の命とは、イスマイリ派の敵対者の命ほどにも価値のないものだったろうということです。

依然として雨はやみそうにありません。

今日も、午前中はベッドで意味もなく地図などを眺めていましたが、午後からは勇を鼓して洗濯《せんたく》をしました。洗濯日和《びより》を待っていたらいつになるかわからないので、ジーパンを洗うことにしたのです。

暗い共同の流しで、水を吸って厚くなった布地を揉《も》み洗いしていると、妙に気分が滅入ってきます。しかも、洗い終っていざ干そうとすると、流しの前にある室内の物干しには干す場所がありません。天気のせいで乾きが悪く、他の連中がいつまでも洗濯物をぶら下げているからです。

そこに、向かいの一人部屋にいるアメリカ人がやって来て、自分のシャツを取りこんでくれました。僕が礼を言って空いたところに干すと、それをぼんやり眺めていた彼が、突然ハシシをやらないか、と誘ってきます。彼のことはアメリカ人ということくらいしか知りませんが、どうせ、部屋ですることもなし、その誘いに乗ることにしました。

ゆっくりパイプのやりとりをしていると、そこに彼のガールフレンドらしい女の子が入ってきました。そして、彼の顔を見ると、大きな声を上げて泣き叫びはじめました。早口なうえに、酒ではない何かで酩酊《めいてい》しているため僕などにはよく聞きとれませんが、どうやら誰かが死んでしまったと言っているようなのです。死んじゃったのよ、死んじゃったのよ、という彼女の声に、僕たちはハシシどころではなくなってしまいました。

またひとり、僕たちと同じような生活を送っている若者が死んでいきます。

このままカトマンズにいると、いつかは僕も自身に対するアッサシンになってしまうのではないか、という恐怖に襲われます。しかし、自分の部屋に戻ってベッドに横たわり、ひとりで夢と現《うつつ》の間をさまよいはじめると、恐怖感は薄い膜に覆《おお》われ、もうどうなってもかまいはしない、といった朦朧《もうろう》たる気分になってくるのです……。

眠くなってきました。

雨はまだ降りつづいています。

第九章　死の匂《にお》い　インドⅡ

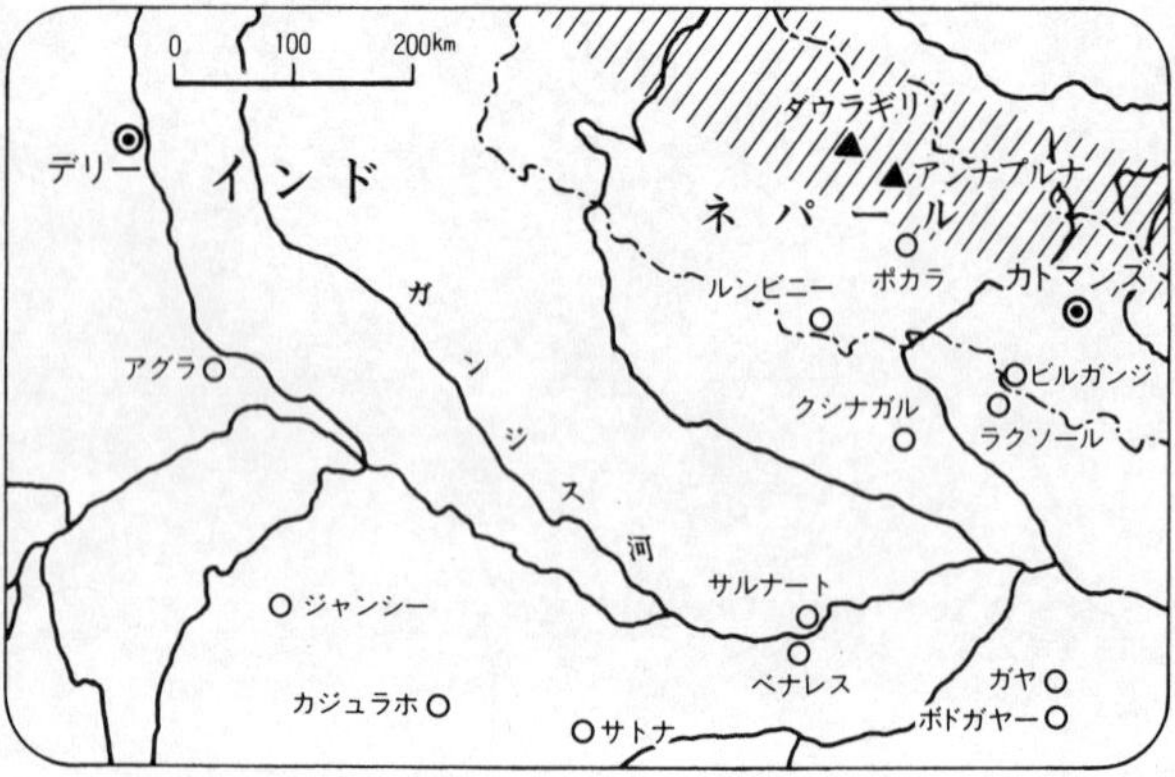
0
100
200km
デリー
インド
ダウラギリ
アンナプルナ
ネパール
ポカラ
カトマンズ
ルンビニー
ガンジス河
アグラ
ビルガンジ
クシナガル
ラクソール
サルナート
ジャンシー
ベナレス
ガヤ
カジュラホ
サトナ
ボドガヤー

1

朝まだ暗いうちに眼《め》が覚めた。

服を着替えると、私は夜のうちに詰めておいたザックを抱え、そっと部屋を出た。

「バーイ」

ドアを閉めると、部屋の中から小さな声がした。隣のベッドで寝ているアメリカ人の声のようだった。起こさないようにできるだけ静かに出てきたつもりだったが、眼を覚まさせてしまったらしい。戻って挨拶《あいさつ》をしようかと思ったが、こんなところはもういやだ、と叫んでいた彼より先に自分が出ていってしまうことを考えると、顔を合わせるのが辛《つら》かった。それに、別れの挨拶と勘定は前夜のうちに済ませてあった。

外は快晴だった。こうなることは昨日の夕焼けでわかっていたが、出ていくという日になにもこんな好天にならなくてもと少し恨めしかった。

昨日、ベッドで横になっているうちに眠ってしまい、気がつくと夕方になっていた。時計を見ると、六時を過ぎている。あまり腹は空いていなかったが、とにかくなにか口に入れなくてはならない。いつものようにジョーの店に行くつもりで外へ出て、思わず息を呑《の》んだ。いつの間にか雨は上がり、空に美しい夕焼けが出ていたのだ。久し振りに姿を現わしたカトマンズ北東の高い峰には流れ落ちる滝のような雲がかかり、それが夕陽《ゆうひ》を浴びて刻々と色を変えていく。滝、それはまさに、峰の向こう側からこちら側へ朱色の水が流れてくるのではないかと本気で思わせるほど、壮麗なものだった。

明日はきっと晴れるだろう。そう思った瞬間、もしかしたら明日ならここを出ていけるのではないか、という気がしてきた。雨の中を出ていくのは憂鬱《ゆううつ》だが、天気になれば気分よく出発できるのではないか。あるいは、この機会を逃してしまうと、永遠に旅立てないかもしれない……。

そして、私はその機会を逃さないことにしたのだ。

ジョーの店でバフ・ステーキの食べ納めをすると、私は急いでロッジに帰り、部屋のみんなに明日ここを出ていくと告げた……。

朝の澄んだ空気の中をバス・ターミナルへ急いだ。

カトマンズからどのコースをとってインドに下っていくかについては迷いがないわけではなかった。理想的には、ひとまずヒマラヤの麓《ふもと》にあるポカラという町まで行き、ブッダ生誕の地であるルンビニーを経て、ヒンドゥー教の聖地ベナレスへ到るというルートをとりたかった。しかし、依然としてポカラへの道は不通になっており、どうしても行こうとすれば、飛行機を利用しなくてはならない。そんな無駄《むだ》使いはできなかった。一晩考えた末、パトナまでは来た道を引き返し、それからベナレスへ向かうことにした。面白味には欠けるが、一度通ったルートなので余計な心配をする必要がない。大事なのはとにかくここから出るということなのだ。

国境のビルガンジへは六時発のバスがあり、席もまだ充分に残っていた。

午前六時、カトマンズという「秘密の花園」から下界へ向かうバスは発車した。

バスの座席は、前の方に身なりのいい客が坐《すわ》り、後には無賃で乗せてもらっている浮浪児とか、野良着《のらぎ》そのままの格好の農夫とかが坐っている。当然、私も後の席で、隣には絶えず床に痰《たん》を吐いている薄気味の悪い男が坐っていた。

このバスの運転手はかなり陽気な性格とみえ、対向の車線に顔見知りが運転する車がやってくると、いちいちこちらの車を止め、窓から身をのり出すようにして世間話を始める。後続の車がきて、クラクションを鳴らされるまでやめようとしない。乗客はそれを辛抱強く待っている。

行きに比べればやはり天気のいい分だけ楽だった。

薄ら寒い雨のカトマンズと違ってバスの中は汗ばむほどに暖かかったし、ダマンという名の峠からはヒマラヤの白い峰々が明るい陽光に輝いているのが見えた。しかし、バスがオンボロのため、トラブルは容赦なく起きた。途中でエンジンがかからなくなり、またもや乗客が力を合わせて押さなくてはならなかったのだ。以後、休憩のため停車しても、運転手はエンジンを切らなくなった。

それでもとにかく十時間後にはネパール側の国境の町ビルガンジに到着した。

再びリキシャで国境を越え、インド側の町ラクソールに入った。来る時には気がつかなかったが、ビルガンジとラクソールとを比較すると、意外なことにビルガンジの方が町としてはかなり大きい。それは、ネパールにとってはインドとの国境が文化や物資の流入してくる窓であるのに対し、インドにとっては単なる果ての果てにすぎないからなのかもしれない。

ラクソールの駅前では、南京虫《ナンキンむし》の巣窟《そうくつ》だったロッジの客引きが、相変わらず調子よく旅人に声を掛けている。私の顔を見ると、覚えていたらしく、

「今夜も泊まりなよ、フレンド！」

などとニコニコしながら言う。南京虫は仕方がないが、この客引きは、国境は夜も通過可能であるにもかかわらず、「クローズ、クローズ」と嘘《うそ》をついて泊まらせようとした。初めての国境越えで事情を知らない私たちはまんまと騙《だま》されてしまった。もちろん騙される方が悪いのだが、そんな奴《やつ》に二度も儲《もう》けさせてやることはない。時刻は夕方の六時半。無理をしないでラクソールに泊まってもよかったのだが、私は勢い余って夜行列車の切符を買ってしまった。

上りの列車は八時に出るという。私はプラットホームに腰を下ろし、チャイを飲みながら待つことにした。

八時を過ぎても、列車は姿を現わさない。しかし、私は別に心配もしていなかった。インドでは、ただ待つ、とにかく待つしかないのだ。いつかはプラットホームに入ってくるだろう。そんなことを思っているところに、私と同じようなザックを背にした白人の若者が近づいてきて、言った。

「あなたはどこへ行くんですか？」

「パトナだけど」

私が答えると、彼は助かったというような表情を浮かべた。

「パトナ行きに乗るには、ここで待っていればいいんだろうか」

その白人の若者もパトナへ行くらしい。

「多分」

私が曖昧《あいまい》な返事をすると、彼は不安そうに言った。

「八時の列車がまだ来ない。どうかしたんだろうか」

「さあ……」

「もう八時半になる」

三十分くらいの遅れで心配することはない。そう言おうかとも思ったが、私にしても確かなことは何ひとつわかっていないのだ。

「そんなに心配だったら、駅員に訊《き》いてくれればいいのに」

「訊いたんだ。もうすぐ来ると言っていた」

「それなら、心配することはないじゃないか」

「でも、それが八時のことだった」

この若者はよほど心配性かインドの旅にまったく慣れていないかのどちらかだろう。

いずれにしても、話して楽しい相手ではなさそうだった。しかし、私が黙ってしまっても、彼も無言のまま立ちつくし、その場から離れようとしない。困ったなと思い、なんの気なしに顔を見上げると、彼は若者というより少年といった方がいいほど幼い顔立をしていた。私は急にすげなく追い払うのがかわいそうになり、インドの列車が時間に関してはいかにいい加減かを縷々《るる》数え上げ、安心させることに努めた。それですっかり心配がなくなったというはずもないが、少なくとも私がこうして待っている以上、来なくともどうにかなるだろうと思ったようだった。彼はザックを脇《わき》に置くと、私の横に腰を下ろした。

彼が問わず語りに喋《しゃべ》ったところによれば、イギリスはスコットランドの片田舎の少年で、ニュージーランドの農場で働くため故郷を飛び出してきたという。ヨーロッパをヒッチ・ハイク、中近東をバスで走り抜けてインドに入り、カトマンズに立ち寄った。これからパトナまで南下し、カルカッタに向かい、さらにバンコクへ渡る、ということだった。私と彼は、互いに辿《たど》ろうとしている道を反対に進んできて、ここでちょうどクロスしたというわけだった。彼は名前をアランといった。

八時発の列車がプラットホームに入ってきたのは九時半だった。まず私が跳び乗り、降りる人をかき分けて中に入り、座席の上の荷物台を二つ占拠した。荷物を置くためではなく、もちろん寝るためだ。

アランはあとからやって来て、

「どうもインドの汽車っていうのは苦手なんだ」

と、礼とも弁解ともつかないことを呟《つぶや》きながら、荷物台によじのぼってきた。

列車が動き出したのはそれから一時間後。うとうとしかけると、車掌に叩《たた》き起こされる。降りろ、と言うのだ。午前一時、パトナに着くような時間ではない。どうやらここで乗り換えなくてはいけないらしい。ところが、プラットホームの反対側で待っている列車は、デッキにまで人が溢《あふ》れている。

その超満員の様子を見たアランは、すっかり怖気《おじけ》づいてしまったらしく、次の列車にしようよ、と泣き事を言う。しかし、インドの列車に「次」などというものはないのだ。待ちたいなら勝手に待つがいい、俺《おれ》は乗るぞ、と言い残し、ひとりで満員の車両の中に突っ込んでいった。

しばらくは床に足がつかないほどの混《こ》みようを我慢しなくてはならなかったが、一時間もすると傍《そば》で坐っていた七、八人の一団がどっと降りた。座席はすぐに他の乗客に占拠されてしまったが、荷物台の一隅《いちぐう》が僅《わず》かに空いた。よじのぼり、荷物をきちんと並べ直すと、丸くなればどうやら眠れるくらいの空間ができた。

再びうとうとしていると、乗客のざわめきで眼が覚める。みな降りていく。午前三時、パトナにはまだ早い。やって来た車掌に訊《たず》ねると、この駅で車両の半分を切り離すのだという。そして、私が乗っているのは切り離される側の車両だったのだ。

降りていくと、アランも隣の車両から眼をショボショボさせて降りてくる。彼も必死にこの列車に潜り込んでいたのだ。二人で前の車両に廻《まわ》ったが、こちらは本格的な夜行列車で、すでに先客によって寝られる場所はすべて占拠されていた。座席はもちろんのこと、荷物台にも通路にも人が寝ていた。仕方なく、私は通路の床の微《かす》かに空いている隙間《すきま》にシュラフを敷いて横になった。それを見て、「インドはもういやだ。早くバンコクに行きたいよ」と言いながら、アランも同じようにシュラフを敷いて横になった。

途中、故障で一時間ほど立往生し、終着駅のパレザ・ガートに辿り着いたのは午前十時だった。十二時間も満員列車に揺られ、ススと疲労で互いにひどい顔になっている。

そこから大きな汽船に乗ってガンジス河を渡るとようやくパトナである。船は来た時と同じように一時間ほどかけてゆっくり斜行していく。

思い切り手足が伸ばせる幸せを味わいながら、甲板に坐ってチャイを飲み、河を渡る風に吹かれていると、カトマンズからの三十時間に及ぶ強行軍が、もうすでに楽しかったものと思えてきそうになる。なんと心地よいのだろう。その気持を言い表わしたいのだが、どうしても適切な言葉が見つからない。

すると、放心したような表情で空を眺めていたアランがぽつりと言う。

“Breeze is nice.”

うまいなあ、と思う。イギリス人なのだから、英語を上手に使うのになんの不思議はないけれど、それにしても、単純な単語を単純に並べただけのこの言葉の美しさはどうしたことだろう。ブリーズ・イズ・ナイス。本当にそよ風は素敵なのだ……。

アランは母ひとり子ひとりで育ってきたという。それにもかかわらず、母を残して出てきたのには、よほどの事情と覚悟があってのことだったろう。頼りなげだが、どこかにきっと強靭《きょうじん》な意志力が秘められているに違いない。パトナに着き、別れを告げる時、私は心から思わないではいられなかった。

グッド・ラック、と。

パトナから正午発の列車に乗った。

三等は相変わらず立っているのがやっとという混雑ぶりだったが、幸運にも途中で坐ることができた。

車窓からは、遮《さえぎ》るもののない広大な田園風景と蒼《あお》い空しか見えない。そして、その空に輝いている太陽の強烈な陽差しに照りつけられて、列車の中は今まで経験したことのないほどの暑さになっている。ようやくインドらしくなってきた。

五時間後に再びガンジス河に出会い、列車が陸橋を渡る時、向こうの岸に町が見えた。隣の男性に、あれがヴァナラシー、ベナレスかと訊ねると、その通りと頷《うなず》く。しだいに近づく町を眺めながら、私の心は騒ぎはじめた。

ベナレスはヒンドゥー教徒にとって最大の聖地である。ここを流れるガンジス河の水で沐浴《もくよく》すれば、あらゆる罪は洗い流され浄《きよ》められる、という。しかし、私がベナレスに立ち寄ることにしたのは、ヒンドゥーの聖地としてのベナレスに関心があったからではなく、ベナレスという町がカルカッタに匹敵するほどの、猥雑《わいざつ》さと喧噪《けんそう》に満ちた町だと聞いたからだった。

確かにそれは間違いなかった。ベナレスの駅を一歩出ると、リキシャが客を引く喧噪のただなかに放《ほう》り出されてしまった。私のところにも車夫が群がってきたが、どこへ行くかが決まっていない。

そこに、ザックを背負った中年の夫婦のヒッピーが通りかかった。彼らを呼び止め、どこかにいい宿はないだろうかと訊ねると、自分たちが泊まっていたホテルのカードをくれた。そこには、セントラル・ホテルとあった。高くはないのかと念を押すと、行ってみればわかる、と笑いながら答えてくれた。セントラルという名前も恥ずかしいような安宿らしい。彼らはこれからカトマンズに行くという。私は反対にカトマンズで自分が泊まっていたロッジのカードをプレゼントして別れた。

寄ってきたリキシャの車夫のひとりに、貰《もら》ったカードを見せ、ここを知っているかと訊くと、もちろん、と威勢よく答える。一ルピー五十パイサで話がまとまり、私は安心して乗り込んだ。

五分もしないうちにリキシャが止まる。意外に早かったと思いながら看板を見ると、そこはカードのホテルとは似ても似つかない名の宿だった。

「ここじゃない」

「ここは安くていいホテルだ」

「このカードのところに行きたいんだ」

私が腹立ちを抑えて静かに言うと、甘く見たのか車夫は図に乗って言った。

「そこへは三ルピー貰わなければ行かれない」

わかった、それならここで降りる、ただし金は一パイサだって払わない、と言って私がリキシャから飛び降りると、待ってくれ、と車夫が悲鳴のような声を上げた。

「行くから、乗ってくれ」

私もリキシャに関しては狡《ずる》くなってきた。派手に飛び降りたのも、もちろんそう言い出すだろうことを見越しての演技だったのだ。

ようやく、人やリキシャがあちこちから集まってきては、髪の毛一本ほどの間隙《かんげき》を縫って擦れ違う賑《にぎ》やかな一角に到着した。ところが、この車夫はよほど懲りないタイプと見えて、また別の宿に連れていこうとする。さすがに呆《あき》れ果て、問い質《ただ》してみると、彼は新米《しんまい》の車夫らしく、セントラル・ホテルがどこにあるか本当は知らないらしいのだ。

「誰かに聞いて連れていってくれないか。それが約束だろ」

通行人に訊ね、訊ね、どうにかその前まで来ることができた。荷物を下ろしていると、そこにひとりの男が近づいてきて、セントラル・ホテルか、と訊ねてくる。そうだと答えると、案内人のように先に立って歩き出した。金は払ったのに、リキシャの車夫も私の後からついてくる。きっと、ホテルでなにがしかの案内料をせしめるつもりなのだろう。すると、それに気がついた案内人が立ち止まり、車夫と口論を始めた。

しばし言い争いが続けられたが、いつまでたっても決着がつかないことに苛立《いらだ》った案内人の男が、いきなり車夫の顔面を拳《こぶし》で殴りつけた。不意を喰《く》らい、まともにそのパンチを受けてしまった車夫の体は地面に叩きつけられ、鼻からは血が流れ出した。一方的に殴られたのに、しかし車夫は起き上がって反撃しようともせず、地面に這《は》いつくばったまま、脅《おび》えたように案内人の顔色を窺《うかが》っている。その卑屈な様子を見ているのは辛《つら》かった。いやなところのある車夫ではあったけれど、それほどまでされて黙っていることはない。私はそのホテルに泊まる気が失せ、二人を残してその場から立ち去ってしまった。

別の宿を探すためひとりで歩いていると、また男がすり寄ってきて、宿ならここにと案内してくれる。

その男が連れていってくれたのは、聖者や物乞《ものご》いが列をなして坐っている沐浴所近くの、最も繁華な場所にある古い建物の二階だった。そこに、老人と少年二人で切り盛りしている安ロッジがあったのだ。部屋はベッドひとつの狭いシングル・ルームが六ルピーということだった。特に安くもないが高くもない。泊まるつもりで五ルピーにまけないかと言うと、いや、部屋代は初めから五ルピーなのだが、そこにある扇風機代として一ルピー貰うことになっているのだ、と老人が澄まして答えた。その時は何を調子のいいことを言っているんだ、扇風機などいるものかと思って聞いていたが、あとでなるほどと納得させられた。この扇風機がなければ、夜はほとんど一睡もできないくらい暑かった。

いつもならもう少し粘るのだが、不意に昨日からの疲れがどっと出てきて、もうこれ以上うろつき廻るのは御免だ、横になれるのならどこでもいい、といった気分になってきた。私は老人の言い値を受け入れ、ここに泊まることにした。

ようやくひとりになり、ベッドに横になると、気持が悪くなるほど腹が空いているのに気がついた。考えてみると、カトマンズを出てから二日というもの、食事らしい食事を一度もしていなかった。ゆで卵ひとつ、ビスケット六枚、パン二切れ、数杯のチャイ。この二日間で口に入れたのはそれだけだった。

外に出て、食堂を探した。

通りすがりの一軒の店にふらりと入ると、大衆食堂風の造りにもかかわらず、何も言わないうちから英語のメニューが出てきた。ベナレスは、聖地であると共に、やはり観光地でもあるようだった。

そのメニューの中に、ガンジスで獲《と》れるのだろうかプラウン・カレーというのがあり、三ルピーと値段はいささか張ったが、無事カトマンズから生還できたことを祝して奮発することにした。思えば実に久し振りの魚介類との対面である。その感動の大きさに比べれば、海老《えび》の多少の泥臭《どろくさ》さなど問題ではなかった。

帰る途中、宿で食べるつもりで一キロ二ルピーのマンゴーを露店で買った。しかし、部屋に戻ると寝ること以外には何もしたくないほど疲れ切っており、私は汚いベッドに横たわると気を失うように眠り込んでしまった。

2

ベナレスでは、聖なるものと俗なるものとが画然と分かれてはいなかった。それらは互いに背中合わせに貼《は》りついていたり、ひとつのものの中に同居していたりしていた。喧噪の隣に静寂があり、悲劇の向こうで喜劇が演じられていた。ベナレスは、命ある者の、生と死のすべてが無秩序に演じられている劇場のような町だった。私はその観客として、日々、街のあちこちで遭遇するさまざまなドラマを飽かず眺めつづけた。

ある日、ガンジス河に沿って歩いていた。

沿ってといっても、ガンジスの河岸を歩くことはできない。ただ平行に走っている道から河に向かう細い路地を抜けて河岸に行くことしかできないのだ。そこにはたいていガートと呼ばれる沐浴所がある。路地に入り、ガートを眺め、元の道に戻り、次の路地を入ってまたガートを眺める。

今はシーズンではないらしく、大規模な沐浴風景は見られない。そのかわりによく見かけるのは、もっと日常的な、風呂《ふろ》がわりに体を洗い、髪をすいていたりする女や、プールがわりに泳いでいる子供たちの姿である。

その日、いくつ目かのガートで、女がひとりでまさに沐浴しようとしているところにぶつかった。

女はまずサリーを身につけたまま河に入り、口をすすぐ。ガンジス河は雨季の水を集めてかなりの速さで流れている。女が頭にかかっていたサリーをはずすと、そこに美しい銀髪が現われる。老婦人だったのだ。次に老婦人は、濁った水の中に、肩まで身を沈ませる。一度、二度、三度……。すると、サリーはぴったりと体にはりつき、体の線をくっきりと浮き立たせる。老婦人ゆえの不思議ななまめかしさに息を呑《の》む思いがする。やがて、老婦人はそのままの姿で、両手で水を掬《すく》い、前方に放《ほう》り投げることを始める。水を放り投げるとは妙な言い方だが、まさにそんな感じなのだ。掬っては投げ、掬っては投げる。それを果てしなく繰り返すと、今度は銀色のコップで同じことをし、ようやく岸に上がる。

意味はまったくわからなかったが、そこに祈りがあることだけは理解できた。そして、奇妙なことだが、その祈りから受けた敬虔《けいけん》な印象は、彼女のなまめかしさによって倍加されていた。

私がベナレスを無秩序にドラマが演じられている劇場のようだと感じるのは、たとえば名も知れぬガートで老婦人の敬虔な祈りの情景に心を動かされ、しんとした気持で帰る途中、それをぶち壊すような滑稽《こっけい》なドタバタの幕間《まくあい》劇を見させられる、ということが起きるからである。

ベナレスにはいくつものガートがあるが、とりわけ私が泊まっている宿に近いダシャーシュワメード・ガートは、数あるガートの中でも最も賑やかなガートとして有名だった。それだけに人の往来も激しく、リキシャの集中の仕方も並はずれていた。四方からリキシャがやって来てはすれすれに擦れ違っていく。あれでよく事故が起こらないものだと感心していたが、やはり事故は皆無ではなかった。

私が上流のガート巡りから帰ってくると、歩いている眼《め》の前で、リキシャに牛乳配達の自転車がぶつけられ、横転してしまったのだ。倒れたはずみに、後の荷台に積んであった金属製の大きなボトルから、牛乳がこぼれてしまう。リキシャは少しグラッとしただけで、そのまま走り去ろうとする。牛乳配達の男は自転車を起こし、これを通行人に委《ゆだ》ねると、リキシャに追いすがり、車夫の腕を取った。

これは面白くなった、と見物していると、ぶつけた方のリキシャの車夫が逆に怒鳴りつけ、牛乳配達の男は急に弱腰になってしまった。

このような、相手の態度を見ての、不意の弱腰はインドではよく見られることだった。カーストのせいなのかそれ以外の理由があるのか定かではないが、相手に非がある時などは見ているこちらが腹が立ってくる。

そういえば、パトナでベナレス行きの切符を買う時にも似たようなことがあった。インドの駅で切符を買うのはいつでも大変だが、この時も長い列ができ、長時間待たされていた。そこにいかにも金のありそうな押し出しのいいオッサンがやって来て、長い列を見渡すと前の方で並んでいるひとりの男に眼をつけた。これがまたいかにも気弱そうな人物だったが、オッサンは横柄《おうへい》な態度で声を掛けると、その前に入り込んでしまったのだ。男は小さな声で文句を言っていたが、オッサンに一喝《いっかつ》されると、そのまま黙り込んでしまった。しかも、周りの連中も何も言わない。私は腹が立ち、オッサンに怒鳴った。

「俺《おれ》たちはみんな並んでるんだ、後につけよ」

それでも知らない顔をしている。私は本格的に腹を立て、近くに寄って大声を上げた。

「ディス・イズ・ライン！」

これが列なんだ、と耳元で三回ほど繰り返すと、ようやく不承不承ではあったが、列の後に廻っていった。しかし、私が本当に腹を立てていたのは、要領のいいオッサンではなく、言いなりになってしまう気弱な男の方だった。

この交通事故の場合もそうだった。確かに、一般的にいってリキシャの方が立場が強いらしく、街でもよく、リキシャの車夫が「リキシャ、リキシャ！」と叫びながら走ると、普通の自転車などは道をあけてやるということはあった。しかし、非がリキシャにあるのは明らかなのだ。それにもかかわらず、牛乳配達の男はリキシャの車夫にやりこめられ、うなだれて自転車に戻ってしまう。

だが、無声映画のドタバタ・シーンを見ているようなことが起きるのはそれからである。

通りに面した店に坐《すわ》っていた穀物屋の親父《おやじ》が、道にこぼれた牛乳を見て、奥にすっ飛んでいき、犬を連れてくる。そして、盛んに、こぼれた牛乳を飲めとけしかける。こんな御馳走《ごちそう》は滅多にありつけるものではない。犬も必死に飲もうとするのだが、リキシャが切れ目なく往来しているため、なかなか近づけない。近づいてはリキシャに轢《ひ》かれそうになり、悲鳴を上げて跳びすさる。口を開け、よだれを垂らしながら、あと一歩が踏み込めず、うらめしそうに見ているばかりなのだ。近づいては跳びすさり、近づいては跳びすさる。その果てしない繰り返しは、まるでチャップリンの映画のワン・シーンのようだった。

リキシャの流れが一時的に途切れ、ようやく犬が近づけた時には、牛乳はタイヤに踏み荒らされ、土に沁み込み、影も形もなくなっていた。しかし、犬は悲しげな声を上げて、それでも必死に土を嘗《な》めていた。

それは、チャップリンの映画が単なる喜劇という以上のものを感じさせてしまったように、笑っているうちにそこはかとない物悲しさを覚えさせられるような光景だった。そして、それはどこかで、大笑いしながらその犬の様子を眺《なが》めている、インドの人々の姿に似ていないこともなかった。

私は無秩序に演じられる大小さまざまな劇を見るため、ベナレスにしばらく居つづけることにした。

しかし劇といえば、私が泊まっている宿自体がベナレスという劇場の格好の観客席だったかもしれない。

朝五時頃《ごろ》になると、あまりの暑さに寝苦しく、眼が覚めてしまう。涼むつもりで三階の屋上に昇ると、朝焼けの空と、ガンジスの流れと、もう動き出した人々の姿が見られる。また部屋に戻り、ベッドでうとうとしていると、露店を出す人々のざわめきが、湯気のように立ち昇ってくる。七時になると、陽《ひ》が強く照りつけはじめ、寝てはいられなくなる。窓から外を見ると、八百屋、果物屋、花屋、オモチャ屋、それに宗教的な小物を扱う店が、もう並んでいる。聖者も物乞いもすでに自分の定位置についている。やがて、リキシャが走り、商売が始まり、言い争いが聞こえてくるようになる。私はそれを飽かず眺める。

夜、窓から顔を出していると、笛売りの少年がやって来て、買わないかと声を掛けてくる。いくらだいと訊《たず》ねると、五ルピーと答える。

「高い！」

思わず私が日本語で叫んでしまうと、脈があると思うのか、四ルピー、三ルピー、二ルピーと値下げしていき、ついに一ルピーにまでなる。

「残念だけどカルカッタで買ってしまったんだ」

私が言うと、いくらで買ったと訊《き》く。本当は二ルピーだったが、正直に答えるのも悔しいので、一ルピーと言う。すると、その少年はいかにも人を小馬鹿《こばか》にしたように、叫ぶ。

「タカイ！」

それ以来、その笛売りは私の顔を見ると、「タカイ！」と声を掛けてから、美しい音色で一曲吹いてくれるようになった。


宿には、老人の手助けをしている十歳くらいの少年がいた。名前をニーランニャムといい、インドの子にしては珍らしいくらい物をねだらない、明るく、それでいて控え目な少年だった。

ニーランニャムと言葉を交わすようになったのは、洗濯《せんたく》がきっかけだった。

ベナレスはカトマンズと違い、日中はカッと太陽が照りつけ、シャツなどは一時間もあれば簡単に乾いてしまいそうで、洗濯をしていても気持がよかった。

私が鼻歌まじりに洗ったものを屋上のコンクリートの上に広げていると、そこに偶然やって来たニーランニャムが、隅《すみ》に転がっている汚い煉瓦《れんが》を拾い、その上に勝手にのせてしまった。風に飛ばないようにという配慮なのだろうが、せっかく綺麗《きれい》に洗ったばかりのものが泥に汚れてしまう。しかも、当分は洗濯物を舞い上げてしまうような強い風は吹きそうになかった。有難迷惑に私は内心苦笑せざるをえなかったが、彼の親切を無にするわけにもいかない。仕方なく、煉瓦はそのまま放置しておくことにした。

ところが午後、屋上に洗濯物を取り込みにいって、びっくりした。そこには、向かいの大木から伝ってきたらしい猿《さる》の群れがいて、日向《ひなた》ぼっこをしていたからだ。驚いたのは猿も同様らしく、慌《あわ》てて逃げだしたが、全員が逃げ終るまで、巨大な牝猿《めすざる》が歯を剝《む》き出し、私に向かって盛んに威嚇《いかく》していた。なるほど、あの煉瓦は風に飛ばされないためではなく、猿に持っていかれないためのものだったのだ。

私はすぐにニーランニャムに礼を言いに行った。彼が身振り手振りで説明してくれたところによれば、ベナレスには野良《のら》の猿がいて、あちこち自由に歩いては悪戯《いたずら》をしているということだった。だからといってその猿をどうしようということもないらしい。そこがインドのインドたるゆえんのところなのだろう。

ニーランニャムはそれ以来、私が洗濯をしているのに気がつくと、わざわざ屋上まで入いて来て煉瓦をのせてくれるようになった。

物を欲しがらないニーランニャムが、たったひとつねだったのは、自分の写真を一枚撮ってくれないかということだった。カルカッタではついに値段が折り合わず、まだカメラを売ってはいなかったので、私は気軽に承知した。すると、彼は急いで部屋を出ていき、恐らく彼にとっては最上のものであろうシャツを着て、髪には櫛《くし》を入れて戻ってきた。しかし感心したのは、部屋に入ってくると、自分ばかりでなく、力仕事をしているもうひとりの少年も撮ってあげてくれないかと、頼んできたことだ。

この心優しいニーランニャムにも、カーストというものは絶対的な支配力があるらしく、小さなほうきを持って部屋の床を掃除しにくる、明らかに下のカーストに属すると思われる同じ年格好の少年に対しては、軽蔑《けいべつ》の色を隠そうとしなかった。その少年が私の部屋で少しでも長居しているのを見かけると、蹴《け》っとばさんばかりにして追い出してしまう。そのたびに、ニーランニャムおまえもか、と暗い気持になった。

ベナレスの街を、地図もなく、当てもなく、ただ歩く。

身につけているものといえば、クルタとピジャマと皮のサンダルだけ。皮のサンダルはベナレスで買ったものだが、クルタとピジャマはブッダガヤで仕立ててもらったものだ。仕立てたのはいいが、涼しいカトマンズでは着る機会がなかった。要するに、白い綿布で作ったパジャマのような服である。パジャマの語源はインドのこのピジャマにあるといわれているくらいなのだ。バザールの生地屋《きじや》で好きな布を買うと、近くの仕立て屋が一時間で縫ってくれる。それで七百円にすぎない。値段の安さもすばらしいが、風通しのよさがなによりインドの気候に合っていて心地よい。

この格好で歩いていると、シタール売りや数珠《じゅず》売りから声を掛けられなくてすむ。色はすでにインド人のように黒く、痩《や》せて、眼ばかりギラギラさせている。私はほとんど土地の人間になりきったつもりで歩いている。

朝食を何にしようと歩きながら考える。歩いて、歩いて、かなり歩いた先に、バナナ売りの露店が出ているのが見えてくる。

「イエ・ケトゥナ？」

いくらですか、と太っちょのおじさんに訊くと、怪訝《けげん》そうな面持《おもも》ちで見つめ返されてしまう。だから、このバナナはいくらって訊いているんですよ。私がもう一度訊くと、やっと理解してくれたらしく、大きく頷《うなず》いて、隣の貧相な男を指さす。私は店の主人ではなく買物をしている客に訊ねていたのだ。御免なさい。必死に謝ると、笑って、いいんだよ気にするほどのことではない、というように肩を抱く。そして、言う。

「アメリカ？」

意味がわからず、私がオウム返しに呟《つぶや》くと、おじさんは頷き、また繰り返す。

「アメリカ？」

彼は、私に向かっておまえはアメリカ人なのか、と訊いていたのだ。ベナレスも少し中心を離れると外国人を見たこともない人がかなりいるのだ。こちらは、土地の人間のつもりでいるので、少しがっかりする。

「ナヒ、ジャパニー」

私が言うと、そうかそうかと頷き、また肩を抱く。

バナナは六本一ルピーだったが、そのおじさんが一本おまけしてくれるように計ってくれる。私は細かい金がないので二十ルピー札を出す。邦貨にすれば七百円にすぎないが、彼らにとっては大金なのだろう。バナナ屋の主人はそれを頭上高く差し上げると、二度、三度と頭を下げる。もちろん、私にではなく、札に、あるいは、神にである。

夕方、歩き疲れて部屋に戻ってくると、窓の外から小さな猿が、懸命に手を伸ばし、机の上にのっているマンゴーを取ろうとしている。いつも熟れすぎを買ってしまうので、青い物をと買ってきたのだが、今度は逆に固すぎて食べられない。床掃除の少年に馬鹿にされたのが悔しくて、ここで熟れさせてみようと、ずっと置いてあるのだ。それを子猿が見つけて、取ろうとするのだが、窓についている鉄柵《てっさく》につかえてどうしても外に出ない。それが面白くて、つい見てしまう。

そうしているうちに、夜が来る。

ある日、いつものようにベナレスの街を歩いていると、くねくねと曲がりくねった路地に入り込み、方向の感覚を失ってしまった。道に迷った不安感と、この路地を抜けるとどこに出るのだろうという淡い期待感をもってさらに歩いていくと、不意に、まったく不意にガンジス河に出た。

そこにもやはり沐浴所《もくよくじょ》があったが、どこか普通とは違っている。河に降りていくための石の階段があるのは同じだが、その横に石で固められた小高い台地のようなものがあり、そこからは煙が立ち昇っている。何かを燃やしているらしい。一瞬、死体焼場かなという考えがよぎったが、まさか、とすぐに打ち消した。こんなに街の近くの、しかも沐浴所のすぐ隣に、死体焼場があるはずはない。沐浴所では、傍《そば》に死体焼場があるなどとは思えない平然とした様子で、五、六人の男女が河の水に体を浸している。ところがそこに、風向きが変わったのか、台地の上から不思議な匂《にお》いが漂ってきた。もしかしたら、という気がして、私は台地の上がよく見渡せる場所に移ってみた。

台地には、黒く焦《こ》げた三つの塊りと、真新しい布に覆《おお》われた塊りがひとつあった。三つの塊りはすでに薪《まき》と共に燃え尽き、それが何であったか見分けがつかないほどになっている。しかし、まだ燃えはじめたばかりのもうひとつの塊りは、黄色い鮮やかな布に覆われてはいるが、それがちょうど人間ほどの大きさのものであることはわかる程度の形が残っていた。青竹を梯子《はしご》のように組んだものに縛りつけられ、大量の薪の上に乗せられているその塊りには、人間の体特有の凹凸《おうとつ》が微妙に浮き出ていた。どうやらここは、やはり死体焼場のようだった。

やがて、その死体からも煙が立ち昇り、風に乗って匂いが流れてくる。しかし、それは本で読んだり人から聞いたのとは違い、鼻を衝《つ》く異臭というより、むしろ甘さを感じさせる匂いだった。

茫然《ぼうぜん》と死体が焼けるのを眺めていると、台地の下の方で声がする。見ると、そこにも三つの死体があり、今まさに、そのうちの一体が小舟に移されようとしているところだった。男たちが舟の舳先《へさき》に平たく細長い石を置く。次に、赤い布に包まれた死体を青竹の梯子からはずし、石の上に置いて縛り直す。男が力を入れると舟がグラリと揺れ、その拍子に左腕が布から跳び出し、長い髪が流れるように河面《かわも》に落ちた。死体は女のようだった。

男たちは、さらにその横に小さな石を並べ、白い布に包まれた小さな死体を置いて、同じように縛りつけた。恐らくどういう理由かで、母子が同時に死んでしまったのだ。

漕《こ》ぎ手をいれて四人の男たちが、母子と思われる大小二つの死体を乗せた小舟に乗り込み、ゆっくりと岸を離れていく。

インドでは、同じ死者でもチフスとか天然痘《てんねんとう》といった疫病《えきびょう》にかかったり、殺された り自動車にはねられたりといった不慮の事故に遭って死んだ場合は、天寿を全《まっと》うでき なかったという理由で、火に焼かれることなくそのまま水に流される、という話を聞 いたことがある。

この母子と思われる二人も天寿を全うできず河に流されるのだ。

いずれにしても流すのは河の中央だろうと思って眺めていると、男たちは河幅の四 分の一もいかない地点で、石にくくりつけたままの死体を無造作に投げ捨てた。重い 物が水面を打つ鈍い音が伝わってくると同時に、小さな死体も放《ほう》り投げられた。もし その二人が本当に母子だったとしたら、ようやく河の底で安らかな時を迎えられるこ とになるのかもしれない。

男たちはことが終ると、各人各様に、河の水を三度額につけたり、両手で水を遠く に放り投げたりして身を浄め、岸に向かって漕ぎはじめる。しだいに近づいてくる舟 の動きを眼《め》で追っていると、少し離れたところの水面から、突然、プクリと白っぽい 物が浮いてきた。すると、間髪を入れずに空から烏《からす》が舞い降り、それをついばみはじ めた。

その様を見て、なるほど、そうだったのか、と納得することがあった。

先日、ガンジス河の下流の鉄橋の付近を歩いていると、やはり不意に灰色っぽい塊りが浮いてきた。その時もやはり烏が舞い降り、激しく嘴《くちばし》を上下しはじめた。なんだろうと不思議でならなかったが、あれもまた死体だったのだ。石に縛りつけられ、河底に沈められた死体が、縄《なわ》が腐り、あるいは解け、突然浮き上がってしまうのだ。そして、その腐乱した肉を烏がついばむ。

再び死体焼場に眼をやると、真新しかった一体もすっかり黒くなっていた。瘦《や》せた男が素焼きの壺《つぼ》にガンジスの水を汲《く》み、まだくすぶっている火の中に投げ入れる。それは火を消すことが目的ではなく、一種の儀式という色彩が濃かった。さらに、男は一本の長い青竹を手にすると、燃え尽きた薪の中に突っ込み、黒焦げの塊りを引き出した。人体だったことは頭部の膨らみでわかる。炎の温度が低いせいか、骨だけにはならず、まだ焦げた肉がついている。男はその塊りを青竹に引っ掛け、台地の下に放り出そうとする。だが、当然、一本ではなかなか持ち上げられない。何十回か失敗したあとでようやく引っ掛かり、エイッとばかりに放り投げると、それは力余ってガンジス河にまで飛んでいってしまう。水に浮いた黒い塊りに烏が舞い降りて、ついばみはじめている……。

しかしこの死体焼場で、私の眼に異様に映ったのは烏ではなく、むしろ牛だった。

この沐浴所にも野良牛がうろついており、台地の上から死体を焼く煙が流れてくると、口を開け、眼をさらに細め、首を前に突き出して恍惚《こうこつ》とした表情で匂いを嗅《か》ぐのだった。

私は、一日中、死体焼場にいて、焼かれたり、流されたりする死体を眺めつづけた。

次の日も、午後になると、死体焼場に行ってみたくなった。昨日と同じ路地に入り、同じように歩いていったが、どうしても死体焼場に辿《たど》り着かない。仕方なく宿に戻り、ニーランニャムに訊ねた。訊ねたといっても、彼が英語を喋《しゃべ》るわけでもなく、こちらに「死体焼場はどこにある」と質問できるほどのヒンドゥー語の知識があるわけでもない。私は、紙の切れ端に昨日見た死体焼場の絵を描《か》き、ここに行きたいのだが、と身振りで説明した。勘のいいニーランニャムはすぐに理解してくれたが、道順を教えるのは難しいらしく、わざわざ一緒についてきて、先に立って道案内をしてくれた。しかし、そのニーランニャムですら路地の途中でわからなくなり、角ごとに通行人に確かめながら曲がるほどだった。

死体焼場にはすでに煙が立ち、小舟の往復も始まっていた。処理される死体の数は昨日よりさらに多いようだった。そのうえ、さらに続々と、青竹の梯子に載せられて死体が運び込まれてくる。

いま新たに持ち込まれた死体は、金糸銀糸の刺繡《ししゅう》も美しいきらびやかな布に包まれている。近親者のひとりが、突然、その布を剝《は》ぐと、白く粉を吹いたような黄土色の老人の顔が現われる。近親者はその顔をガンジスの水で何度も洗ってやるのだ。この老人は、このような歳《とし》まで生き、このような美しい布に包まれて死んでいかれる。昨日の母子と比べれば、やはり幸せというべきなのだろう。

牛がうろつき、烏が飛びかい、その間にも、焼かれ、流され、一体ずつ死体が処理されていく。無数の死に取り囲まれているうちに、しだいに私の頭の中は真っ白になり、体の中が空っぽになっていくように感じられてくる……。

私の隣でニーランニャムも黙って眺めている。先に戻っていいと言ったのだが、私を心配して帰ろうとしなかったのだ。彼の眼に、この夥《おびただ》しい死体がいったいどう映っているのかは、私にもわからなかった。

そうやって、二人でぼんやりと半日近くも坐《すわ》っていた。

「帰ろうか」

私が言うと、ニーランニャムはいくらかホッとしたように頷いた。さすがに退屈していたのだろう、無理もない。

帰る途中で、死者を担《かつ》いでやってくる一隊に出喰《でく》わした。全員で低く哀《かな》しげな歌をうたっている。ひとりがリードするように歌うと、あとから皆が続く。死体を覆った白布には、無数の蠅《はえ》がたかっている。

立ち止まって見送ったあとで、ニーランニャムがあどけない顔で訊《たず》ねてくる。

「ベリー・グッド？」

それが恐らく彼の知っている唯一《ゆいいつ》の英語だったのだろうが、私には何と答えていいかわからなかった。

その夜、私はあまりの寝苦しさに何度も眼が覚めた。ベナレスの夜はいつでも暑く、その夜だけが特別ではなかったはずだが、何度も何度も眼が覚めた。浅い眠りの中で、私は恍惚とした表情で匂いを嗅いでいる牛たちの夢を見ていた。

3

翌朝、起きると体が怠《だる》かった。明け方、つい我慢できず、扇風機を掛けっ放しにして寝入ってしまったのがよくなかったらしい。風邪の引きはじめのような怠さだったが、私は別に心配はしていなかった。この半年、日本を出て以来、まったくといってよいほど病気をしなかった。風邪はおろか、下痢すらもしなかった。それが扇風機を掛けっ放したくらいのことで、風邪など引いてたまるものかという思いがあった。いつもと同じにしていれば、そのうち忘れてしまうだろう。

しかし、それが間違いだった。

この日は、クリシュナ神の誕生日とかで、街には祭りに浮かれた人々が溢《あふ》れていた。私も彼らに混じって街をうろつき、寺院に入り込んで歌のような祈りを聞いたり、路上の人だかりに首を突っ込み、ただ電球を売るために一時間も熱演をしなくてはならない香具師《やし》の口上を聞いたりした。

その晩は、終日、街に音楽が流れつづけた。寝ていても、スピーカーから流れてくる音で何度も眼を覚まされた。そして、その切れ切れの眠りの中で、自分の体が溶け、崩れていく、というような不快な夢を見てしまう。眼が覚めると、崩れていく感覚が妙な生々しさで体内に残っているのだ。寝苦しいが、だからといって扇風機を掛けっ放して眠るわけにはいかない。夜明けまではまだだいぶ間があったが、私は起きてしまうことにした。

することもなく、薄暗い部屋の光の中で漫然と地図を広げた。地図を眺《なが》めているうちに、このベナレスはあまりにも暑すぎる、いっそのこともう少し涼しそうなところに行こうか、という考えが湧《わ》いてきた。ベナレスにはもっと長く居てもよかったが、満足できないというほど短かい滞在でもなかった。

地図を見ていると、カジュラホという地名が眼についた。デリーに行くには少し遠《とお》廻《まわ》りだが、ベナレスに比べるといくらか高地にあるようだ。カジュラホは官能的なレリーフのある寺院群で有名なところだが、とにかくそれより涼しいところで充分な睡眠がとりたかった。私は夜が明けたらカジュラホへ発つことにした。思い立ったが吉日、という古風な言葉が思い浮かんだからだ。しかし、それが間違いだったのだ。

カジュラホへはベナレスからバスで行けることになっている。途中、サトナという町で乗り換えなければならないが、汽車よりはるかに楽そうだった。夜が明けるのを待って、宿の老人に訊ねると、サトナ行きのバスは九時頃《ごろ》にあるはずだと言う。

時計は午前七時半をさしていた。私は荷物をまとめ、ニーランニャムに別れを告げ、リキシャに乗ってひとまず鉄道駅まで行った。

降りて、一ルピーを渡し、さらに五十パイサの小銭を数えて渡すと、車夫が言った。

「約束は一ルピー五十パイサだよ」

私は何を言い出すのかと不審に思いながら言った。

「いま一ルピーは渡したろ」

「貰《もら》ってなんかいないよ」

「渡したじゃないか」

「五十パイサしか貰ってないさ」

そう言うと、車夫は周囲の通行人に向かって大声で叫びはじめた。

通行人に大声で叫んでいる車夫は、どうやら私が料金を踏み倒そうとしている、と言っているらしい。物見高い連中が集まってきて、瞬《また》く間に人垣《ひとがき》ができてしまった。インド人の群衆に取り囲まれ、彼らに向かって激しい調子でアピールしている車夫のよく動く唇《くちびる》をぼんやり眺めているうちに、私はしだいに圧迫されるような感じを受けるようになった。押し問答をしていても埒《らち》があかないと思った私は、それならポリスを呼ぼうではないか、と啖呵《たんか》を切った。すると意外にも、車夫は少しもひるまず、そうしよう、と応じるではないか。

おせっかいな見物人のひとりが、通りがかりの警察官を引っ張ってくる。車夫は私にはさっぱりわからないヒンドゥー語で懸命に説明する。英語でやってくれと言いたかったが、それはこちらの勝手というものだ。しばらくして、その説明を聞き終えた警察官は、私に向かって杓子定規《しゃくしじょうぎ》な英語で言った。

「あなたは、あと一ルピー、彼に払わなくてはならない」

冗談ではない、俺はとうに払ってあるんだ、と頑張ったが、警察官は受けつけてくれようとしない。そのうえ、車夫がシャツを脱ぎ、ほれ、どこにも一ルピーなんてありはしないだろう、とやるのでますます私の分が悪くなっていく。そのうちに、もしかしたら、俺の思い違いだったのかもしれない、という気さえしてくる始末だった。それでも三十分ほど粘ったが、ついに力尽き、一ルピーを払ってしまった。思い違いなら申し訳ないし、嘘《うそ》なら嘘で実に見事な手品を見せてもらったのだから、と思うことで自分を納得させたのだ。

群衆が散っていき、車夫も意気ようようと引き上げていったあとで、私は体中が妙に熱っぽくなっているのに気がついた。その時は興奮したせいだろうと簡単に片づけてしまったが、この馬鹿《ばか》ばかしい出来事に巻き込まれてしまったことを含めて、私は自分の体と旅の歯車が壊れかけているということにもっと早く気づくべきだったのかもしれない。

バス・ターミナルに行くと、宿の老人の話とはだいぶ違い、サトナ行きのバスは午後の三時までないという。それに乗ると、着くのは夜の九時になってしまい、サトナで一泊する必要が出てくる。鉄道駅に戻り汽車の時刻を調べると、九時三十分発の鈍行があった。これならいくら遅いインドの列車でも三時発のバスより早く着くだろう……。

しかし、着かなかったのだ。

初めのうちは坐っていけたが、やがてそこは予約席だからと追い払われ、突進しても突進しても弾《はじ》き飛ばされる地獄の三等に乗っていなくてはならなかった。しかも、サトナに着いたのは、なんと夜の十時を過ぎていた。到底、この日のうちにカジュラホまで行くのは無理のようだった。

汽車を降りると、ふらっとした。首筋を手で触ってみると、ひどく熱い。どうやら本格的に熱が出てきたようだった。安宿を探して街を歩きかけたが、急に歩き廻るのが億劫《おっくう》になり、駅前にあった大して綺麗でもないロッジに泊まることにしてしまった。私は五ルピーをフロントで払い、壁中が染みだらけの部屋に入ると、汚いベッドに倒れ込んだ。

ついに来た、という予感がする。これまで、いっさい病気とは無縁でこられたが、ついにやって来た。それも一気に、激しく、襲いかかるようにやって来た。ベッドに横になっていると、熱だけでなく、呻《うめ》いてしまいそうになるほど頭が痛む。これはただの風邪ではないのかもしれない。

思い当たることがないではない。ベナレスに着くまでの二日間はかなり強行軍だったし、ベナレスに着いても、ろくに疲労を取らないうちから炎天下を歩き廻るというようなことをしてしまった。そのうえ、暑さのために眠れず、大した食事もしなかった。私は自分の体力を過信しすぎていた。きっと抵抗力が弱まり、何かの病菌に感染してしまったのだろう。

薬は日本を出る時に近所の女医から貰った抗生物質があった。病名はわからなかったが、とにかくそれを飲んでおこうと思った。しかし、胃を荒らさないためにも、飲む前に何かを腹に入れておかなくてはならない。食欲はまったくないが、食べなければますます参ってしまうだろう。

ベッドから起き上がり、ふらつく足でホテルを出て、すぐ近くにあった安食堂に入った。誰も客のいないその店で、私はインド式の定食を注文した。若い主人に値段を訊ねると、三ルピー五十パイサという答が返ってきた。少し高いように感じたが、他の食堂を探す気力がなかった。

私はテーブルの上に肘《ひじ》を突き、頭を抱えるようにして料理の出てくるのを待っていた。食堂にはインドの歌謡曲がけだるく流れている。ふと気がつくと、どこかで耳にしたメロディーが聞こえてくる。

「もしかしたら、これは『ボビー』のテーマ音楽じゃない？」

通りかかった主人に訊ねると、彼はびっくりしたような声を上げた。

「知ってるのかい？」

「もちろん。映画を見たからね」

「見て、どうだった？」

「ボビーをやっていたあの女の子、なかなか魅力的だったね」

するとと、彼は自分の恋人が褒《ほ》められでもしたかのように、そうか、そうだろう、と相好《そうごう》を崩して頷《うなず》いた。

やがて出てきたカレーを手で食べていると、主人が近づいてきて、どうしてスプーンを使わないのだ、と不思議そうに訊ねてきた。

「ここがインドだからさ」

私が言うと、彼はさも嬉《うれ》しそうに笑って、そうかヒア・イズ・インディアか、と二度ほど繰り返して調理場へ入っていった。そして、再びやって来ると、羊肉の燻製《くんせい》を持ってきて、食べないか、と勧めてくれた。体調がよければ残さずたいらげただろうが、どう頑張っても半分以上は食べられなかった。

私が勘定台のところで礼と詫《わ》びを言い、三ルピー五十パイサ払って出ていこうとすると、主人はとぼけた調子で、

「あれ？　三ルピーと言わなかったかい？」

と言い、五十パイサを返してよこした。まことに『ボビー』の霊験はあらたかだった。

宿に帰り、薬を飲んで横になったが、熱と頭痛で眠ることもできない。電気を消してじっとしていると血液が心臓から送り出されるたびに脳髄を鈍器で殴られるような痛みを覚える。だが、電気をつけ、呻《うめ》き声を洩《も》らさぬよう苦痛に耐えていると、熱に潤《うる》んだ眼に壁の染《し》みが異様な形に変化していく。それが蠢《うごめ》き、揺れ、散り、膨らみ、這《は》い廻り、襲いかかってくるような気がするのだ。

目覚めているのか眠っているのかわからないうちに夜が明けてくる。

どうしようか、どうしたらいいのだろうか、と朦朧《もうろう》とした頭で考える。とうてい旅ができる体ではないが、ここでこのまま寝ていても病気がよくなるとは思えない。この商人宿のじめじめした部屋に泊まっていると、ますますひどくなっていきそうな気さえする。カジュラホには、ツーリスト・バンガローという、値段のわりには清潔な国営の宿があると聞いていた。一日も早くそこへ行き、体の調子を整えた方がいいのかもしれない。

4

朝の六時四十五分にカジュラホ行きのバスが出るという。私はふらつく足でターミナルへ行き、バスに乗り込んだ。熱は少し下がったように思えたが、依然として頭痛がする。バスが揺れるたびに飛び上がりそうになる。しかし、とにかく十時にはカジュラホに着くのだ。着いたら気持のいいベッドで横になれる。私はそれを頼りに脂汗《あぶらあせ》を流しながら耐えた。

ところが、途中で突然バスが止まってしまう。山道の真ん中に、直径一メートルはあろうかという木が倒れていたのだ。私は絶望した。この大木は何十人が束になってもびくともしないだろう。ここは狭い山道で、迂回《うかい》することは不可能だ。ブルドーザーを呼んでくるか、引き返して違う道を行くよりしようがない。しかし、この近辺に都合よくブルドーザーなどがあるとは思えない。そのうえ、隣の乗客に訊ねると、カジュラホへ行くにはこの道しかないという。残る道はサトナに引き返すことしかない。もうどうにでもなれ、と私はなかば自棄《やけ》になって眼《め》を閉じた。

私はそうやって一時間以上も寝ていたらしい。バスが再び動き出すエンジンの音で眼が覚めた。見ると、木の幹はナタのような刃物で真っ二つに割られ、道にはバスが辛《かろ》うじて通れるくらいの隙間《すきま》ができていた。ホッとすると同時に、眠っていてその作業に協力できなかったことを恥じた。もっとも、この体では、加わっても何の役にもたたなかっただろうが。

十一時にカジュラホに着いた。カジュラホはブッダガヤとは違った、しかし、やはり穏やかで静かそうな農村地帯だった。

ようやくツーリスト・バンガローに辿《たど》り着き、部屋を頼むと、残念だが、と支配人に断られた。空いている部屋はないというのだ。私は思わずその場に坐《すわ》り込んでしまった。もう動く気力もなかった。部屋がないのなら、庭にあるベンチで横にならせてもらおう、とまで思った。私は支配人を見上げ、どうにかしてもらえないだろうか、ともう一度だけ頼んでみた。彼にも私の切迫した状態が察知できたのか、真剣に予約表の見直しをしてくれた。

支配人は、予約表とにらめっこをしたあげく、いくらか迷いながら言った。

「ベッドひとつなら、なんとかできるかもしれない」

できれば個室がほしかったが、そんな贅沢《ぜいたく》は言っていられない。とにかく、助かった。礼を言うと、支配人は慌《あわ》てて付け加えた。

「でも、それは五時頃にならないとはっきりしたことは言えないんだ」

私は落胆した。それまでどのようにして待てばいいというのだ。私は必死の思いで頼み込んだ。

「駄目《だめ》だったら素直に空け渡すから、その時まで横にさせてくれないだろうか」

支配人は私の顔を覗《のぞ》き込み、しばらく考え、やがて諦《あきら》めたように頷いた。

案内されたのは四人用のドミトリーだった。飾りは何もないが、広く清潔そうな部屋だった。私はいちばん奥のベッドを選ぶと、その横にザックを置き、昼食を食べに行く元気もなく、ただ薬を飲んで寝てしまった。

夕方、密《ひそ》やかな話し声で眼が覚めた。話されているのは柔らかな発音のフランス語だった。見ると、薄暗い部屋に二人の白人女性がいる。なるほど、ここは女性用のドミトリーだったのだ。だから支配人は迷っていたのだ。きっと、彼女たちに承諾を求め、了解してもらってから正式にオーケーを出すつもりだったのだろう。しかし、ベッドの上に荷物を解いているところを見ると、彼女たちは私を泊めることに同意してくれたらしい。起きて挨拶《あいさつ》しようとすると、それに気がついた二人が、手で制した。どうやら、支配人に私の状態を聞いてきたようだった。

「気分はどう？」

栗色《くりいろ》の髪の女性がたどたどしい英語で訊ねてきた。

「あまりよくはない」

「私たちはこれから食事に行くけど、何か欲しいものはない？」

もうひとりの金髪の女性が言った。よく見てみると、二人とも西洋人にしては小柄《こがら》だが、知的な美しい顔立をしていた。

「ありがとう。でも、何もない」

私が言うと、二人は足音も立てずに部屋を出ていった。

どのくらいたったのだろう。ドアの開く音で再び眼が覚めた。二人は出ていく時と同じくらい静かに部屋に入ってきたが、私が眼を覚ましているのがわかると声を掛けてきた。

「起こしてしまった？」

「いや、前から眼が覚めていた」

「これ買ってきたわ」

そう言うと、金髪の女性がリンゴを包んだ紙袋を枕元《まくらもと》に持ってきてくれた。

「ありがとう」

見知らぬ男と、しかも得体のわからぬ東洋人と同じ部屋に泊まるなどということが、彼女たちにとって嬉しいことであるはずはない。それを快く受け入れてくれたばかりか、このように親切にしてくれる。私は感謝の気持をどう表わしていいかわからず、ただありがとうと繰り返すことしかできなかった。

私がようやくのことでリンゴをひとつ食べ終え、またうとうとしはじめると、どちらかが部屋の灯《あか》りをすべて消してくれた。しばらくは声を殺したフランス語の話し声が聞こえていたが、やがてそれも絶えた。私を気遣ってならかまわないと言おうと思い、眼を開けると、彼女たちはちょうど寝る支度をしている最中だった。

ひとりはすでにベッドに入っていたが、もうひとりは、シャツを脱ぎ、ジーパンを脱いで、今まさにショーツひとつになろうとしているところだった。窓からは月の光が洩《も》れ入ってきて、その姿をはっきりと浮かび上がらせていた。

ジーパンを脱ごうとかがんだ背中は、月の光を浴びて白い肌《はだ》が蒼《あお》く輝いている。髪を両手ですき、軽く頭を振ると、金髪が柔らかく揺れる。暗がりになってはいるが、小さな形のいい胸は淡いシルエットとなって微妙な動きをする。これは夢なのだろうか。熱に浮かされ、幻覚でも見ているのだろうか。それにしては、背中の生毛《うぶげ》のそよぎまではっきりと見えるのはどうしたことだ。私は若い女性の裸身を前にして、生々しい欲望を覚えるより、その現実離れした美しさにただ茫然《ぼうぜん》と見とれるばかりだった。

朝、眼を覚ますといくらか気分がよくなっている。首筋に手を当ててみると、熱っぽさが消えている。抗生物質が効いたのかもしれない、といったんは喜んだ。しかし、起きて、チャイを飲みに出て、部屋に戻ってくると、再び苦痛がやって来た。単に一時的に熱が下がったにすぎなかったらしい。私は昏倒《こんとう》するように眠ってしまった。気がつくとまた夕方になっている。

依然として食欲はなかったが、義務だと思うことにして夕食をとりに出た。ふらつく足で帰ってくると、この一日を寺院のレリーフを見て廻《まわ》ることに費やしていたらしいフランス人の二人も戻っていて、私の顔を見ると心配そうに訊《たず》ねてきた。

「どう?」

「大丈夫」

しかし、その夜も二人はずっと静かにしてくれ、食事をして帰ってくると、私に合わせるように八時前に寝てくれた。

体が宙に浮かんでいるような高熱に苦しんでいるうちに、私は久しく見なかった夢を見た。幼ない頃、風邪などを引いて高い熱にうなされると必ず見る夢というのがあった。逆に、その夢を見るといま自分は熱を出しているのだなとわかるくらいのものだった。柿《かき》の木がある庭、味噌《みそ》樽《だる》の並ぶ店、電灯が下がっている暗い天井……。意味もなく、脈絡もないが、それらの情景が現われては消えていく。

その夢を十何年かぶりに見ながら、これは一種の知恵熱なのかもしれないな、と煮えたぎる湯の中でゆらゆらと揺れている豆腐のような脳のどこかで考えていた。ベナレスの死体焼場での不思議な時間が私に熱を出させた。次から次へとやって来ては、燃やされ、流された死体たち。私はあれほどおびただしい死に取り囲まれたことがなかった。私は幼児のようにただ眼を大きく見開いてじっと眺めていることしかできなかったが、それが整理のつかない混乱をもたらし熱を出させた……。

朝起きると、熱が下がっていた。また昨日のようにぶり返すのではないかという恐れはあったが、体はかなり楽になっている。これも同室の二人が細やかな心遣いをしてくれたおかげかもしれない。

彼女たちは、十時のバスでカジュラホを発《た》ち、ベナレスに向かうという。

「調子はどう？」

栗色の髪の女性がザックの整理をしながら訊ねてきた。

「おかげで、とてもよくなった。ほら、この通り」

私がベッドから降りて軽く跳びはねてみせると、金髪の女性が、無理をしてはいけないわ、と諭《さと》すように言った。

別れ際《ぎわ》に、パリの学生だという彼女たちとアドレスを交換した。彼女たちのアドレスを受け取る時、いつになるかわからないがパリには行くつもりだ、と私が言うと、パリに着いたら連絡してくれ、泊まるところくらいなら世話をしてあげられるから、と言ってくれた。そればかりか、自分たちが旅からまだ帰っていなかったらこの友人のところを訪ねるといい、きっと何とかしてくれるだろうから、とパリの女友達のアドレスまで手渡してくれた。行きずりの縁にしかすぎず、言葉も僅《わず》かしか交わさなかったが、彼女たちとはどこかに通い合うものが感じられる。とりわけ金髪の女性には、もしこのまま何日か一緒の部屋に寝起きするのを続ければ、心を動かされてしまいそうな気がする。だが彼女たちとはここでお別れだ。親切をただ親切として受け取っておこう、と私は思った。

二人をバスの停留所で見送ったあとでゆっくり散歩した。私はこのカジュラホに着いてから三日目にしてようやく有名な石造寺院を見ることができた。

ここには、最盛期の十世紀から十一世紀にかけて八十五もの寺院があったというが、征服者のイスラム教徒に破壊され、現存するのは二十五にしかすぎない。しかしそのひとつの寺の壁にはおよそ八百もの像が彫られているという。いや、パンフレットにはそう書いてあるが、実際に壁の四面に浮き彫りされた像を見ていくと、千とも二千とも感じられる膨大なものだ。

竜《りゅう》だか天馬だかわからぬ怪獣に短剣を振るって立ち向かう男、足の刺《とげ》を抜く女、幸せそうに寄り添う男と女、その二人を見守る神、笛を吹き太鼓を叩《たた》く人々、象と人、馬と人、行進、舞踏、そして思わぬところで男女交歓図が出てくる。

男が女を背後から抱きしめている。女は右手を男の首に廻して唇《くちびる》を求め、左手でしっかりと男の性器を握りしめている。あるいは、立っている男に女が正面から抱きつき、両足を腰に絡《から》みつけている。極端なのは逆立ちをしながらというのすらある。どれも複雑で大胆な態位ばかりだ。しかし、本当に驚異的なのは、その官能的な交合の態位の数の多さではなく、そこに描かれたひとりひとりの女の歓喜が、表情ではなく躍動する体の線によって伝わってくるということだ。

明るく強い陽《ひ》の光の下でぼんやり眺《なが》めていると、奔放に体をくねらせた豊満な女たちの口から喜悦の声が洩れてきそうな気さえしてくる。

これはどういうことなのだろうか。かつてのインドにはこのように奔放で豊かで開放的な性があったということなのだろうか。夥《おびただ》しい数の死体を見た直後に、夥しい数の男女交合のレリーフを見る。その落差の大きさに、思わず溜息《ためいき》のひとつもつき、哲学者にでもなったような感想を吐いてしまいそうになる。強い草の匂《にお》いを運んでくる風に吹かれながら、私はかなり長い時間、寺院の日陰に腰を下ろし、さまざまな思いが浮かんでは消えていくのに任せていた。

遅い昼食を済ませてバンガローに帰ると、支配人が口ごもるように話しかけてきた。遠廻しではあるが、そろそろ出ていってくれないだろうか、と言っているようだった。彼がそう申し出るのも当然のことだった。いつまでも女性用のドミトリーに泊めてもらえるはずがない。あのフランス人の二人は承知してくれたが、今度来る客が了解してくれるとは限らない。そして支配人は、私に向かって、とても元気そうだ、という意味のことを言った。確かに、私は二日前に比べればだいぶよくなっているように見えるのだろう。

「わかった。出ましょう」

私は部屋に戻って荷物をまとめながら、さてどうしようと迷ってしまった。ここを出て、安宿を探すのはあまり気が進まなかった。

カジュラホの次はアグラへ行こうという心づもりはあった。いっそのことこのままアグラへ行ってしまおうか。カジュラホにいてあのレリーフを見つづけるのもいいが、タジ・マハールを見るのも悪くない。とすれば、ひとまずジャンシーに出て、それからアグラに行くことになる。

地図を見ると、アグラからデリーまではほんのひと息の距離だった。それを知ると、今までいつになったら着けるのかと茫漠《ぼうばく》たる思いがしていたデリーが急に近く感じられてきた。その気になりさえすれば今すぐにでもデリーに行かれるのだ。

体調もかなりいい。思い切って、ジャンシーへ向かおう。支配人に訊ねると、ジャンシーへは三時発のバスがあるという。私はそれに乗ることにして、二日も泊めてくれたことの礼を言い、バンガローを出た。

5

バスが発車するのを待っているうちに、少しずつ体が熱っぽくなってきた。いやな予感がした。危険かなとも思ったが、途中で止《や》めてしまう気にはなれなかった。なにより支払ったバス代がもったいなかった。しかし、僅か九ルピーをけちったばかりに、もっと大きなものを支払わなくてはならなかったのだ。

走りはじめて一時間もしないうちその懸念は現実のものとなってしまった。熱だけではなく、頭も痛くなってきた。進むにつれて、痛みはますますひどくなってくる。

ジャンシーまでの六時間、苦痛に耐えるために唇を噛《か》んでいたが、しばらくするとそこから血が流れ出してきた。

夜、九時。バスはようやくジャンシーの鉄道駅の前に着いた。私はふらふらで宿を探すどころではなくなっていた。駅の構内にうずくまり、動くこともできない。どうしたらいいのだろう。ぼんやりした頭で必死に考える。これはもう、病院に行かなければ駄目《だめ》なのだろうか……。

病院へ行くといっても、頼る人とていないこの地方都市では、具体的にどうしたらいいのかわからない。夜の町をただわけもわからずうろつき廻るのが落ちだろう。どうせこの町で一晩すごさなければならないのなら、いっそのこと夜行列車でデリーに行ってしまおうか。デリーに行けばなんとかなるかもしれない。三等ではなく寝台を使えば、あるいは寝ているうちに治っているかもしれない。

そんな簡単にいくはずはないとわかってはいるのだが、この苦しさから逃げたいために希望的な観測ばかりしてしまう。ふらつく足でチケットを買いにいくと、幸運にも十時の列車の一等寝台が残っているという。私は朝の六時に着くというその列車で思い切ってデリーに向かうことにした。

乗り込むと、すぐに横になった。しかし、案に相違して頭痛は激しくなる一方だ。

車輪がレールの継ぎ目に当たるたびに頭が破裂しそうに痛む。最初のうちは頭の毛を掻《か》きむしりながら耐えていたが、同じコンパートメントに乗っている紳士が微《かす》かないびきを立てて眠りはじめると、ついに耐え切れず呻《うめ》き声を洩らすようになってしまった。私は一晩中、固い寝台の上をのたうち廻った。

午前六時、列車はようやくデリーに到着した。

本来なら、半年以上も前に、ロンドンまでの乗合いバスの旅の出発点として、浮き立つような気分で足を踏み入れただろうこのデリーの地に、いま苦痛に顔を歪《ゆが》めながら降り立とうとしている。その皮肉な事態を笑い飛ばそうと思うが、うまく頰《ほお》の筋肉が動いてくれない。だが、いずれにしても、ここがあのデリーなのだ……。

私は列車から降りると、プラットホームのベンチに倒れ込んだ。そうして、しばらくはガンジスの焼場で見た死体のように動くことすらもできず、そのままじっと横たわっていた。

一時間ほどしてようやく身を起こすことができるようになり、駅の外に出てタクシーを拾った。

「YMCAに行ってくれないか」

それだけ言うのがやっとだった。私は、自分のような貧乏旅行者が泊まれる確かな宿といえば、YMCAしか知らなかったのだ。私の顔つきを看て取ると、運転手も無駄なことは言わずすぐに車を走らせてくれた。

「部屋が欲しい」

YMCAに入っていき、私がいきなりそう言うと、フロントの男は、部屋はあるがチェック・インの時間まではまだかなりある、と言った。

「いま空いている部屋をくれないか」

私はめまいがしそうになるのをこらえて頼んだ。

「どこか悪いのか？」

「多分」

「ひどいのか」

「多分」

フロントの男は、年配のボーイを呼ぶと、私の荷物を持たせ、部屋に案内するように命じた。私はかすれるような声で礼を言い、がっちりした体格のそのボーイのあとに従った。

部屋は狭かったが、ベッドの白いシーツがいかにも気持よさそうだった。ボーイが出ていき、ひとりになると、汗にまみれた体のままベッドにもぐり込んだ。

どのくらい眠ったただろう。部屋に何かの気配があるのを感じた。眼《め》を開けると、薄暗い中に人の姿がぼんやり見える。扉の前に立ち、こちらを見つめている。夢を見ているらしい。私は眼を閉じ、もう一度眼を開けた。だが、やはり人の姿が見える。いったい何者なのだろう。あるいは、これすらも夢で、あの世から使いが来たとでもいうのだろうか。

しばらく見つめていると、しだいに輪郭がはっきりしてきた。どうやら、白い服を着た黒い肌《はだ》の男のようだった。

「誰？」

私は声を出して訊ねた。それは自分が発した声とは思えないほど遠くに聞こえた。

男はその問いには直接答えず、しばらくしてから口を開いた。

「具合はどうだい？」

意外なほど優しい口調だった。

「熱がある」

「どうした。風邪でも引いたのかい」

「わからない」

「薬は飲んだかい」

「飲んだ」

「インドのかい」

「いや、日本から持ってきたやつだ」

すると、男は生真面目《きまじめ》な口調で言った。

「それはよくない。インドの病気は、インドの薬でなくては治らないよ」

そう言われればそんな気もしてくる。

「待っていなさい。薬を持ってきてあげるから」

男はそう言い残すと、扉《とびら》を開けて出ていった。姿が見えなくなってから、彼がこの部屋に案内してくれた年配のボーイだということに気がついた。それにしても、なんだって勝手に部屋に入り、私の様子を窺《うかが》っていたのだろう。鍵《かぎ》は閉めておいたはずだった。あるいは、何かを盗みに入ったものの、私が眼を覚ましたために、薬を取ってくるといって逃げ出したのではあるまいか。

しかし、男は十分ほどして戻ってきた。確かにあのボーイだった。彼はベッドに近寄り、私の顔を覗《のぞ》き込むと、水差しからコップに水を注ぎ、それと一緒に毒々しいほどの緑色をした三粒の丸薬を差し出した。

「これを飲むといい」

もし彼がこの部屋に盗みに入ったとしたなら、この薬もどんなものかしれたものではない。だが、いい。たとえこれが毒で、彼に一服盛られたとしても、大したことではない。私は熱を帯びた何の現実感もない頭でそう考えた。私が薬を無造作に飲み込むと、彼は嬉《うれ》しそうに笑った。私にはその笑いがしだいに悪魔的に歪《ゆが》んでくるように感じられてくる……。

彼がまだ立っているのはどうしてだろう……。

そうか、チップを待っているのか……。

いくらかでもあげて早く出ていってもらわなくては……。

そう焦《あせ》りながら、またもや睡魔に引き込まれそうになる。いったい俺《おれ》はこのままどうなっていくのだろう……。

口の中で呟《つぶや》きながら、私は再び深い眠りに落ちていった。

［対談］十年の後に

此経啓助
沢木耕太郎

本章は、「ＧＲＵＮＤＹ」一九八四年八月号に
掲載されたものを、補筆のうえ再録しました。

二人の出会い

沢木　僕の本を読んだ人から、此経《これつね》さんてどんな人ってよく聞かれるんだけど、うまく説明できないんです。実はよく知らないんだよね（笑）。日本に帰ってきてから、東京で何回かお会いはしているんだけど、なぜインドに行くことになって、向こうでどうしていらしたか、そういう話はしたことがなかった。結局、インドには何年いらっしゃったんですか？

此経　うーんと、七年。

沢木　ずっとブッダガヤですか？

此経　そうです。

沢木　僕はインドからユーラシアの端の方へ移動していったわけだけど、此経さんは、一カ所にずっといらした。どうして、そうなっちゃったのか（笑）、今日はそこのところを話して下さい。

此経　いいですよ。僕にも訊《き》きたいことがあるし。

沢木　インドに行く前は、どんなことをしていらしたんですか？

此経　日大芸術学部文芸学科の助手でした。時代背景からいくと、まず学園紛争があって、その後、ヒッピームーブメントとか学生が面白いことをやっているという時期がかなり続いた。ところが、学園紛争の終焉《しゅうえん》が見えてきて、何かおかしいんじゃないか、と思い始めたんです。学校をやめるかどうか、逡巡《しゅんじゅん》もしたけど、ともかく、どこかでゆっくり考えたい、と思ったんですね。

沢木　それですんなりとインドに行くという方向が出てきたんですか？

此経　最初はパリへ行こうと思ったんです。

沢木　わりと普通ですね（笑）。

此経　勉強しようと思ってたものが、パリにあってね。日大の文芸学科って文学理論を研究している学科で、ドイツ文学が中心だったんですが、僕はもう少し違う方向から文学を考えたいと思ったんです。

沢木　文学理論を放棄するんではなく、つきつめていきたかったんですか。

此経　そう。つきつめていくと記号論になって、人間の生きざまも記号ではないか、と思ってね。いま、世の中は記号論ブームだけど、僕には先取りする力がなくて、学問としてまとめきれないまま拡散してしまった。

沢木 パリへ行こうという考え方は、かなり強かったんですか？

此経 うん、強かったと思う。僕は森有正が好きでね。パリへ行くと、人一倍勉強するか、物乞《ものご》いにでもなるかのどちらかだって、森有正が言ってるんです。でも、パリには立派な人がたくさん出ているからもういいのかもしれない、それなら何となく気に入っているインドに行こうか、インドに長く居てみようか、という方向が出てきた。大学で助手をやっていた時、学生を連れて、インドに行ったことがあったんです。

沢木 パリか、しからずんばインドか。わかるような気もするし、節操がないような感じもする（笑）。

此経 インドに長く居るために、新聞社の特派員とか、その助手とかの口を探していたら、ブッダガヤにいた後輩からマガダ大学で日本語の講師を探しているという情報が届いたんです。すぐに履歴書を送ったんですが、なかなか返事がこない。それならとにかく行ってみようって、行っちゃった。

沢木 大胆というか、いい加減というか（笑）。僕が此経さんとブッダガヤでお会いしたとき、おいくつでした？

沢木　三十二です。

此経　学者としては進むべき道がはっきり決まってくる年齢ですよね。しかし、此経さんは、なれるかなれないかわからない日本語教師の口のためにインドまでいらしたわけですね。

沢木　日大は、学者としての養成ってあまりしないので、学者になる自信がなかったということもありますね。居残っていれば助教授、教授になれたかもしれないけど。教授連は、僕がインドへ行くのは、昇格させろというデモンストレーションだと思ったみたいですが、僕としては、自分の人生を揺さぶりたい、距離をおいて自分を見たいということだったんです。

此経　ブッダガヤでお会いした時、まだ日本語の先生になれない、という時だったんですね？

沢木　あの時から三年間なれなかった。

此経　三年間！　それはやはり凄《すご》いことですね。でも、そのわりに陽気に生きてたなあ。

沢木　心配はしてたんだけどね。

沢木　あれで（笑）。

此経　ええ（笑）。あの時、一緒にアシュラムに行きましたね。東京農大生も一緒に行って、稲刈りしたよね。

沢木　僕は外に出て大学の評価が変わりましてね。最もよい学生は東京農大と拓大の学生でした。彼らには生きていく活力みたいなものがあったんです。そういえば、デリーで面白い奴《やつ》に会いましてね。死ぬほどの右翼で、死ぬほど馬鹿馬鹿《ばかばか》しいことを考えてる。デリーに攻め入った軍隊は、どこに本陣を張るべきかっていうんですよ。それを真っ黒になりながらうろつき回って探している。でも、日常生活は実に気持いい男で、ドミトリーでもひとつ突き抜けた感じの快さを持っていました。旅先でいろんな大学の学生たちとすれ違ったけど、東京農大生と拓大生を越える水準の学生はいなかったですね。

此経　沢木さん、運動部気質があるんじゃない（笑）。

沢木　そんなこともないと思うけど、確かに仁義なんていう言葉が嫌《きら》いじゃないですね（笑）。

インドで得たもの

沢木 ところで、此経さんはインドで何を得たいと思ってました?

此経 得る、得ない、じゃなかった。年齢が三十を超えて、教師で、堅気で人生を半分生きて、でも、これからの半分は自分のために生きてみたい、自分自身を観察したい、ということだったんだよね。あの地に自分を置いてみて、干からびるのか、液体の玉が低い所に転がるように自分の道を行くのか……。理屈でわかる学問は三十まで結構だ、と思った。

沢木 違う生を選ぼう、というのが濃厚にあった?

此経 選ぶ、というより……これからは好き勝手にやりたいな、という……。

沢木 単純に言えばヤクザな生き方をしてやろう……。

此経 一カ所にずっといてね。

沢木 にもかかわらず、お会いした時、此経さんがとても健全なのに驚いた。こんなところに暮らしていて、こんなに健全な人がいるんだというのが最大の驚きだった。それと、印象的だったのは『マラケシュの声』がとても素敵だという話をしてくださったこと。日本の友人から送ってもらって旅先で読んだんですが、僕にとって、それはとても重要な本になりました。

此経　そう、一緒にエリアス・カネッティの話をしたの覚えていますね。

沢木　インドで陰気になったことあります？（笑）

此経　あんまりないな。自分の中に道徳というほどたいしたものではないんだけど、ひとつの律のようなものがありましたからね。つまり、自分はこのインドではただでさえはみ出しているアウトサイダーなのに、それにまた、大学をやめてインドに行くというのもれっきとしたアウトサイダーなのに、さらにそれに輪をかけて訳のわからない不透明なアウトサイダーになるのはいやだ、と思っていた。

沢木　それが、此経さんの健全さだと思いますね。

此経　だって三十二だったから（笑）。

沢木　ほとんどノーマルですよね。その普通さをあの状況の中でも持しているというのは大変なことだと思いますね。それができたのは、ずっと一カ所に、定点に位置していたからかな。

此経　沢木さんはずっと旅をしてらした？

沢木　もう、絵に描《か》いたような冒険大活劇路線（笑）。僕の場合、飲み友達、というと畏《おそ》れ多いけど、イラストレーターの黒田征太郎さんに、ある時、いやぁ、男は二十六までに日本を離れなければね、と言われたんですよね。二十六というのには何の論拠もなくて、ただ黒田さん自身がアメリカに行ったのが二十六だったというに過ぎないんですけどね。でも、僕には妙に素直なところがあって、そうだ！　と思っちゃって（笑）。

此経　確かに沢木さんにはストレートなところがありますよね。

沢木　ちょうどフリーランスの物書きとして仕事を始めて三年たった頃《ころ》で、なんとなくルポライターとして世の中に認められそうになってしまったのをどこかではぐらかしたいと思っている時だったもんですから、黒田さんにそう言われて一直線に出ていっちゃった。

此経　何も考えずに？

沢木　いちおうは外に出ていくテーマを自分に与えましたけど、それはオマケでね。パリ留学でもよかったし、ニューヨークへ好きな女の子に会いに行くんでも、なんでもよかったんです。

此経　そのテーマというのは？

沢木　僕にとって初めての外国は韓国でしたけど、ソウルに向かう飛行機の上から韓国の禿山《はげやま》を眺《なが》めていて、突然、思うことがあったんです。いま、ここから落下傘《らっかさん》で降りて、ヨーイ、ドン、で歩いて行けば、パリへ行かれるんだな、と。ソウルから何時間歩けばパリへ着くか、いまの僕にはわからないけど、ちゃんとわかる人がいるんだろうな、と。たとえば河口慧海《えかい》のような人ならわかるのだろうな、とも思いました。だから、デリーからロンドンまでバスに乗って行こうとしたのは、自分の体内に地球を測ることのできる距離計を作りたかったからなんですね。でも、そうしたテーマも、自分を奮い立たせるための、ほとんどどうでもいいものだったような気もします。なにしろ計画もいい加減で、デリーまで四日で行くつもりだったんですから。

此経　どんな計画だったの？

沢木　香港《ホンコン》一泊、バンコク一泊、カルカッタ二泊、そしてデリーへという予定だったんだけど、デリーまで行くのに半年もかかっちゃった（笑）。此経さんとお会いしたのは、旅に出て三カ月目の頃でした。

此経　ブッダガヤでお会いした時、とにかく香港は面白かった、という話を聞いたけど、香港はどうだった？

沢木　カルチャーショックを受けて……いや、この言い方は正しくないな。「わーっ、凄い！」の一言でしたね。香港の後は、タイからマレー半島を下っていっても、何かつまらないな、物足りないな、と思いつづけていました。それはシンガポールに着いても同じでしたが、カルカッタに着いたら、「わーっ、凄い！　凄い！」とまたぶっ飛んじゃった。

此経　それからブッダガヤにきたの？

沢木　僕、ガイドブックを持っていなかったんです。地図も西南アジアとヨーロッパの二枚だけ。インドで知っているのは、カルカッタ、ボンベイ、デリーという大都会の名くらいでした。それなのに、なぜブッダガヤへ行ったかというと、カルカッタでぶっ飛んで、ぶっ飛んだまま半月ほどいて、とにかくこの街を出ようと汽車に乗ったら周りの人が、わーっと話しかけてきて、これからどこへ行くと訊いてきたんですね。決めてないって言ったら、ブッダガヤにただで泊めてくれる所がある、という。それはありがたい、とすぐ行くことにしたんです。なにしろ、ロンドンというゴールだけ決めて、あとは何も決めないで、ただ進んでいくだけだったから、いつでも、誰かが、どこそこへ行ったら、というのに導かれて歩いてきた感じがします。でも、香港でぶっ飛んだら、一年いてもいいのに、一カ月で移動してしまったのは、僕に前に進んでいこうという前のめりの姿勢があったからだと思うんですが、どういうわけか平衡感覚だけは持っていた。

此経　ブッダガヤで会った時、そういう印象を持ちましたよ。さっぱりしてて、うまく口ごもる人だなって感じた。

沢木　そういえば、当時此経さんが一緒に暮らしていたインド人のアショカ少年についての総括を聞いてないんですが、彼とはどういうわけで共同生活に入ったんですか？

此経　僕の師匠筋にあたる岡本博さんから頼まれたんです。高校か大学までの学力をつけてから養子にしようという計画で、勉強の能率を上げるために僕が引き取ったわけです。当時、アショカは十五歳で、彼にとってもブッダガヤは外国同然で、慣れるのに二、三カ月はかかった。アショカはカジュラホの出身でしたからね。

沢木　どこで暮らしてたんですか？

此経　ビルラ・ダラムシャという巡礼宿で、小さなベッドが二つある小さな部屋でした。

沢木　何カ月、一緒でしたか？

此経　八カ月。その後はカジュラホからの通いで、足かけ二年。

沢木　根気のいい話だなぁ。

此経　そうね。彼がカジュラホに帰って高校に入ってからは、四、五歳の小さなみなし子と一緒に暮らしたんだけど、その子との方が長かった。

沢木　それは知りませんでした。

此経　カルワーという名で、ハリジャンの両親が死んで、チベット人の中に野良犬と同じように暮らしていた。僕もチベット人のテントに住んでいて、毎日顔を合わせているうちに、ついずるずると。ベッドも二つあるし（笑）。

沢木　いとも簡単におっしゃるけど、大変なことですね。

此経　その時、よくわかったことが一つあった。カルワーは栄養失調気味で、お腹《なか》がポコーンとふくれていたんです。

沢木　ビアフラの子供みたいに。

此経　そう。ところが、三カ月、一緒に暮らしたら、腹がへっこんだ。理屈抜きで、体でわかったね。飢えている子供に何かをするということの意味が。

沢木　普通に、なんでもないことみたいに此経さんはいうけど、眉《まゆ》に皺《しわ》寄せて、百日かかって語ってもいいような話ですね。なのに、一分足らずで言ってしまう……。

此経　ブッダガヤにいるだけで、カルワーみたいな子に出会うことは多いんです。たとえば、カルワーの一つ上の兄貴なんかは野性化してましてね。

沢木　一緒に面倒を見ていたんですか。

此経　彼は僕になつかなくて、外に寝て、食事だけ一緒にしていました。早く仕事を見つけたいといっていましたけど、いい具合に、デリーのちょっと北のデラドゥンにチベット人のコロニーがあって、そこの金持がブッダガヤに巡礼にきたとき雇われていきました。

沢木　すごい生命力ですね。

此経　カルワーも、なかなか僕の言うことをきかない。学校に入れたんだけど、先生に立たされ続けて、とうとう追い出されてしまった。僕は、インドの普通の青年になってくれたらいいな、と思ったんです。読み書きくらいできる、ね。そんなことがあったあとで、カルワーをデラドゥンに連れていったら、兄貴の主人がカルワーも置いてもいいよって言ってくれた。

沢木　その人、どんな人ですか？

此経　デリーで貿易商をしていて、デラドゥンにお屋敷を持ってる。

沢木　彼をそこへ連れていくのが、彼との最後の旅だったんですね。

此経　そう……数年前にデラドゥンに様子を見にいったんです。お屋敷の屋上で静かに掃除をしてる子がいて、それがカルワーだったの。チベット人からグルと皮肉な仇《あだ》名《な》をつけられていました。

沢木 グル、というのは？

此経 ヒンディー語で人生の師という意味でね。一見、グルみたいに無口で大人しいからなんですね。でも、元気でよかったなあ、と素直に思った。

沢木 いい話ですね。

インドから日本へ

此経 僕は定点観測していたけど、沢木さんは移動してて、どうでした？

沢木 どうだったんだろう（笑）。ほんとに何を見ていたんだろう。

此経 僕にも憧《あこが》れはあったんです、移動していく旅に。ほら、沢木さん、壮大なロマンを語っていたでしょう、ニューデリー発ロンドン行きのバスに乗るんだって。インドのような所では、なぜ、という理由なんかそんなに必要じゃないんです。だから僕も訊《き》かなかったけど、確かあの後、ネパールへ発《た》っていきましたよね。沢木さんを見ていて、あんなにさわやかに、なぜ旅ができるんだろう、と思ったものです。

沢木 でも、移動していくと、子供と老人だけじゃないですか、旅人と関《かか》わってくれるのは。まっとうな仕事を持った人とは忙しいから関われない。ひとつ、またひとつと国境を越えていっても、その国のことを理解する契機すら持てない。僕には何も学べなかったという思いがあるんです。たとえば、イランに比較的長くいたけど、暇な青少年と老人にかまってもらっただけで、その国のことは何もわからなかった。飯の味や、土地の臭《にお》いくらいでね。僕にわかったのは、何もわからなかった、ということですね。覚えているのは、誤解によって喜んだり、悲しんだりしたことと、ぶつぶつと独り言をいって自問自答したことばかりで……。

此経　実は、僕がインドで初めて考えたのは、インドについては何も得られないんだ、ということだったんです。インドって、大言壮語しちゃいそうなところがありますからね。僕はインドの歴史とか文化とかが好きなんじゃなくて、インドへ行ったのは、未知の国だったからで、僕の持っている費用で大丈夫そうだ、生計も立てられそうだ、ということだったんです。いま、言えるのは、インドとは、ということじゃなく、隣の誰それさんの話だけですね。インドを理解するために勉強しなくちゃ、とたまに僕だって思うことあるけど、怠惰だから、つい、やらなくて。

沢木　僕も外国のことはわからなかったけど、自分のことは少しわかるようになったかもしれないな。旅をするのは、人の親切にすがっていく部分があるけど、疲労困憊《こんぱい》してくると、人の親切がうまく受けられなくなるんですね、わずらわしくて。たとえばバスでタバコをすすめられたり、食堂で会った人が食べ物を半分わけてくれる。ところが、だんだん肉体的な疲労がたまってくると、人を拒絶するようになって、その果てに、人に対しても自分に対しても無関心になって、どうでもいいじゃないか、たとえ死んでもかまわないじゃないか、と思うようになってしまう。自分に無関心というと超越的な何かをイメージするかもしれないけれど、そうじゃなくて、単純な肉体的疲労なんですね。死んでもいい、生きる必要なんかないんじゃないか、と思っていても、疲労が癒《いや》されると、やはりバスで前へ進もう、となる。

此経　わかるな。

沢木　三島由紀夫が、肉体を鍛えていれば太宰治も自殺しなかったかもしれないというようなことを言いましたが、僕も、とりあえず、こう言い切ってしまいたいと思う。怠惰とか倦怠《けんたい》の八十から九十パーセントは、肉体的に健康で疲労が取り除ければ消えちゃうんじゃないか、ってね。飢えた子に食糧を与えれば、三カ月で腹がへっこむのと同じで。

此経　僕の場合、あちこち動いていないから、ぎりぎりの、自分を一番つきつめたところで、つまらない日常生活に支えられているな、と思った。そう考えたんじゃなく、環境から、それがわかった。マガダ大学からの辞令を三年間も待ち続けて、いいかげん身にしみて、どうでもいいと思った時、自分の周りの一つ一つのものが愛《いと》おしくなってきて、いろんなものが平等に僕に押しかけるようになってね。同じ所にずっといてわかったのは、すべてはどうでもいい、ということですね。それまではつまらないプライドを持っていた。好き嫌《きら》いとか、ね。たとえば仕事でも、これは好きだからやる、嫌いなことはやらないというような。すべてがどうでもいいことなんだ、とわかってから、好き嫌いがなくなって、子供と暮らすことでも、なんでもやれる、というふうになったね。出会ったものに一生懸命になって、やっていけるようになった。

沢木 僕には、凄《すご》い人だな、と思って親しい気持を持っているヨットマンがいるんです。個人タクシーの運転手をやっていて、金を貯《た》めてはレースに出たりして、金がなくなるとまたタクシーに乗る。ごく普通の人なんだけど、実に鮮やかな生き方をしている。此経さんは、その彼に近い感じがするね。仮につまらないことをやっていても、何もしていなくても、此経さんは生きる達人じゃないかと思う。それも、さりげない達人。ハリジャンの子供と暮らして、なんでもないことのように喋《しゃべ》ることができる。ギンギンの達人なら、ああだから、こうだから、といろいろ能書きを言うだろうけど、そうじゃなく、ベッドがあるから一緒に暮らして、兄貴のいる所へ連れていって、それで此経さんの話は終わり。凄いなぁ……。

此経　でも、彼が大きくなったら、一緒に話をしたい、とは思っている。
沢木　あの時、どう思っていたのかというような……。
此経　うん。彼といろいろ話をしたいね。話したいからって、つべこべ言うつもりはないんだけど。
沢木　彼から、此経さん、いま何をやってるのと訊かれたら、何て答えます。
此経　その時、やってる仕事を答えるしかないね。僕の欠点なんだけど、将来何かをするためにいま何かをする、というのができないんです。
沢木　それも凄いことかもしれないな……。
此経　沢木さんの仕事ぶりにも、それに近いものを感じるけど。今日は、なんと、カバンを持ってるけど、仕事道具なんか何も入ってないんじゃないか（笑）……夢のカバンみたいな気がしますね。
沢木　夢のカバン、というのはいいですね。
此経　物を書く、というのは、いつも二重人格的なところがありますよね。でも沢木さんは、作品のために何か取材していなくても、沢木さんの人生そのものが面白いという気がします。よく若い人にいますよね、書くために取材する、取材することが仕事という……。沢木さんにはほとんどそれを感じなくて、そこがとてもいいんだけどね。

沢木　取材しよう、書こうという気持がないわけじゃないんです。アシュラムだって、職業的興味がなかったわけじゃないから。でも、アシュラムでの朝、子供たちのサンスクリット語の経文が流れてきて……。

此経　きれいでしたね。

沢木　ほんとにきれいな響きでしたね。アシュラムはそれがすべてだったといってもいいくらいきれいな響きでした。旅もそれと同じで、一年間、充分に楽しんだんだから、書くことはないんじゃないかと思っていたけど……年取ったのかな（笑）、書かないで放置しておくのが、もったいなくなってしまったんですね。僕が旅から帰ってきて思ったのは、好きな女性に話できることがひとつくらいはできたかな、ということでした。旅に出る前は、人から話を聞くことはできても、人に話をすることなんてできないと思っていた。自分ががらんどうで、カラッポな人間で、何もないという気がしていましたからね。でも、帰ってきたら、一つくらいは話せることができたな、それでこの旅はオーケーだなと思いましたね。それが十年たってみて書こうと思ったのは、もうあの旅は僕の中で終わったということかもしれないんです。

此経　なるほど。

沢木 帰ってきて、自分が自分に認めたことは、僕はやっぱり日本で生きていくだろう、ということでした。どんな所でも、どんな状況でも生きていけるだろう。でも、選ぶなら日本、それも東京で、と思った。どこでも生きていけるというのは、いまも生きてく上でのささやかな支えになってると思う。あんなに苛酷《かこく》な旅をしたんだから、それを思えば、この東京なら、どんなことをしても生きていける。

此経 そうですね。僕なんか、東京にいてもインドの地平線が見える。インドの、村々が見えるんだよね。なにしろ長いつきあいだったから、彼らの朝晩の生活が目に見える。日本の友達を越えて、彼らとも出会っているような気がする。

沢木 いまでも？

此経 ええ。

沢木 そうですか……。

此経 インドでいろんな人に会ったけど、その中の一人で、黒い学生ズボンに白いワイシャツの袖《そで》をまくっているような、若い友人なんだけど、何年かすると、どこか力なくブッダガヤに現れる。彼は日本で暮らせないんだね、活力が足りなくて。インドへ行って、日本に帰って、またインドへ行ってしまう。その繰り返しの中で消えてしまいそう。もうちょっと方法があってもいいんじゃないかなと思うんだけど。

沢木　好奇心が磨耗《まもう》しているのに外国旅行をしなくてはならないというのはほんとに切ないことですね。

自分の物差し

此経　僕はインドで、無為、ということがよくわかった気がするな。老子や荘子が言ったことは大変なことだったんだね。じっとしているって、なかなか……、普通はじっとしていられないんだよね。

沢木　だから僕も、焦《あせ》って、前のめりに進んでいったんだろうな。無為に耐えられるほど強靭《きょうじん》ではなかったから。

此経　僕もいちど移動する旅したことがあるんですよ。ビザを取るためいったん日本へ帰って、またインドに戻る時、アテネを経由して、中近東から入ろうとしたんですね。でも、お金がないから安く行こうとして、旅が荒《すさ》んできた。

沢木　そういう旅をしている時に出会う人って、独特の臭いがあるでしょう。

此経　ありますね。

沢木　僕はその臭いをまといたくなかった。でも、そういう旅をしていると、旅の技術を学ぶのにつれて、その臭いもまとうようになってしまうんですね。

此経　旅の技術、ね。

沢木　たとえば、東南アジアに行って売春宿で安く泊まる、とか。売春婦を抱えている旅館は、平日は暇だから、部屋を貸すのを喜ぶでしょう。売春婦は、暇な時、ヒモの兄ちゃんと部屋にきて、食べ物くれたり、ピクニックに連れていってくれたりする。でも、これが誰にでもできるかというと、できない。泊めてくれなかったり、兄ちゃんが寄ってこなかったり。そういうのは人からハウ・トゥーを教わっても駄目《だめ》なんです。汽車の切符をどこで買うかは教えられるけど、自分で体得しなければならないものもあるんです。

此経　沢木さんから、香港では売春宿に泊まって面白かったって聞いたもんだから、僕、日本へ帰る時、香港に寄って探したんですよ。でも見つからなくて、仕方ないからYMCAに泊まった（笑）。

沢木　売春宿からYMCAへ、ですか（笑）。

此経　インドでこっぴどく教えられたことがある。こういう旅をしていたら、歯止めがきかなくなって、自分が駄目になるなと思わされるような、ね。汽車に乗った時なんだけど、もう誰も乗れないくらい満員なの。そこで僕は、五ルピー札を手に持って、インド人がたくさん並んでいるところを車掌にお札を見せながらすり抜けたわけ。乗ってから車掌が来たんで、五ルピーを渡して、インドは初めてなもんで、とか英語で言ってね。その頃《ころ》、ヒンディー語が少しわかってきてたから、車掌が他の乗客のインド人に、奴《やつ》はインドが初めてだと言っているが、そんなはずはない、とか言っているのがわかっちゃった。それを聞いて、もう、やめようと思ったね。自分が寂しくなっちゃった……。

沢木　そうなんです、旅の技術というのは両刃《もろは》の剣みたいなところがあるんですね。

此経　旅の技術を学ぶのを面白がっていた時期もあったけど、結局、初めての旅と同じ旅をしよう。初めての旅の繰り返しをやろう、というところに落ち着きましたね。騙《だま》されたっていいや、と。

沢木　思い切りがいいですね。初めての土地では、騙される機会が常にありますよね。だから、騙されまい、と頑張《がんば》る。騙されてもいい、と思うと、世界が変わりますね……。

此経　そういえば沢木さん、以前『ミッドナイト・エクスプレス』を見てとても怖かったって言ってたでしょう。僕も、ほんとに恐ろしかった。あの映画と裏表のような旅してたんだなぁって。

沢木 やっぱり怖かったですか。

此経 永く定住していると、だんだん現地の人に伍《ご》していけるという傲慢《ごうまん》な気持になっていくんですよね。だから、どこかで自分の物差しを作っておかないと、訳がわからなくなっちゃう恐怖を感じます。

沢木 ガヤからブッダガヤまでリキシャでいったんですが、僕は、もう、絶対に最低の値段で行ってやるからな、なんて突っ張って、値切りに値切って一・二五ルピーに値切った。いざ乗ると、十分ぐらいでいけると思ったら、大変な距離で、いやぁ、悪かった、一・五ルピーあげよう、なんて思って着いたら、そいつが二ルピーのはずだなんて言い出す。そうなるとこっちも、ふざけるなということになって、絶対に一・二五ルピーしかやらねえぞ、と頑張っちゃった。いまでもこの時のことが気になりますね。旅先では、いつも負けまい、甘くみられまい、と肩ひじ張っていた。値切ることに妙な自己満足を覚えていたけど、それでよかったんだろうかといまは思う。騙されることは、そんなにいけないことだろうかって。騙されてスッテンテンになったら、今度はこちらが騙せばいい。生きるか死ぬかの一歩手前まで、騙されていいんですよね。騙されまいとして頑張るなんて、もしかしたらつまらないことなのかもしれないと思う。

此経　最終的には、インドの人々も同じ目に会うんだ、ということですね。

沢木　なるほど……実は、彼らだって同じなんだね。

此経　インド人はいつも値切ってるようにみえるけど、彼らは彼らなりに相応の金を払う。金持は多く払うし、バクシーシーを進んで払おうとする。

沢木　それがノーマルなんだよね。最初はそれがわからない。そうしてみると、知るってことも悪くないな。知らないとギンギンに肩ひじ張ってしまう。そうか、インド人も騙されることがあるんだよね。

此経　その地平から頑張ればいい。日本だって似たり寄ったりだよね。

沢木　性善説と性悪説と二つあるけど、僕はほとんど性善説なんです。旅で盗まれたことが一度だけある。まるでこの世の終わりみたいに怒った手紙を友人に書いたんだけど、何を盗まれたかというと、ザックにつけた鈴ひとつ。子供がきっと、ほしくて盗《と》ったんだよね。子供の僕に対する親愛の情みたいなものかもしれない。なのに、すごく怒ってしまった。でも、物を盗まれたのはこの一回だけで、恵んでもらったのは数知れず。

此経　中近東を歩いている時、自分が憐《あわ》れになったことが一回あるんです。お腹《なか》が空《す》いてて、眼《め》の前に羊の脂身《あぶらみ》を煮ている鍋《なべ》があってね、いつの間にか無意識に手を出していた。掌《てのひら》にその脂の煮たのを乗っけてくれてね……。自分の無意識が、寂しかったなぁ。お金をなるべく出さないで旅しようとして、食べ物の前で手を出すなんて、歯止めのない恐ろしさを感じた。

沢木 それがいちばん怖いことかもしれませんね。行くところまで行くことで何かが生み出せる、という奴がいるけど、僕はいやですね。

此経 僕もいやだ。

沢木 そういう奴に限って、ほんのちょっと旅をしただけで、すぐに滔々《とうとう》とインドはこうだ、イギリスはこうだと語りはじめる。あれには驚くな。

此経 僕がほんとに驚くのは、語るより住んじゃう人。アメリカ人に多いみたいだけど、この土地が気に入ったからって、住む人がいるじゃない。東南アジアなんかで、女まで愛して住みついてる人、いるよね。

沢木 そういえば、いますねぇ。僕もバンコクで会いました。うどん屋の女と暮らして、子供まで作っている。日本人にもそういうスケールの旅人っているのかな。

此経 まず、女に惚《ほ》れやすいことが条件(笑)。

沢木 此経さんはどうでした?

此経 僕、外国人にもてないの。

沢木　そういう情熱がなかったから？

此経　逃げ腰だった（笑）。沢木さんは？

沢木　移動する旅だったから、むしろ困る、という感じがあったかもしれないな。

此経　困る困らないの問題じゃないと思うけど（笑）。

沢木　外国人ということでいうと、よく、その土地のどこか辺境の民に似ているって言われました（笑）。インドならネパール人、イタリアならシシリー出身とか。旅人なのに、その国の田舎の人みたいな扱いをされて面白かった。

此経　逆に、僕の場合は、用事があって出掛けると観光客だと思われていちいち話しかけられる、なんていうことがあった。感傷にふけろうと思っても、うるさくてできやしない（笑）。

沢木　旅のことって抽象的に語れない、とは思いませんか？　たとえば香港のことでも、アイスクリームをなめながら十円のフェリーに乗って、それがとても気持よかった、としか言えない。僕には、たかがいくつかの国を短期間歩いただけで、わかったようなことは言うまい、と決めているようなところがありましてね。自分が自分に、おーおー知ったかぶりして、と言いたくなるようなことはやりたくないと思っているんです。

此経 僕もそれは感じてる。いつだったか、デリーの駅前の安食堂でアルバイトでチャパティを焼いている日本人を見て、とっても感動した。慣れた手つきで、黙って焼いている。着実にインドで暮らしているんだなあ……。

沢木 そういうのはさり気なくて、いいですね。

此経 そう。憧《あこが》れちゃいましたね。

帰るべき場所

沢木 旅ってある意味で一回性のもので二度と応用がきかないから、後でなぞると失望しますね。

此経 僕ね、帰ってから、またインドへいった時、ブッダガヤのチベット・テントのおばさんに太ってよかったね、と言われて、とてもうれしかった。

沢木 いいですね、明快で。

此経 それと反対のこともあった。前は地べたに坐《すわ》って一緒に同じ物を食べたのに、もう体が受けつけない。貧しい家の男で、歓迎の意を表わして、豚の脂身を火にくべて、地面で切って、あ、お客さんに申し訳ないねって板きれの上で切って、食べろって僕にくれるんですよ。

沢木　彼の気持はありがたい。

此経　そう、彼にとっては最高のもてなしだからね。でも一つだけ食べて、あとは周りでほしそうな顔をしている子供たちにあげてしまった。

沢木　マカオでポルトガル風の階段がある雰囲気《ふんいき》のよさそうなホテルに泊まったことがあるんです。前が海で、なんて素晴らしいホテルだろうと思いましてね。でも、その数年後に行ったら、信じがたい汚さで、自分が何に感動していたかわからないくらいでした。それほどあの時は苛酷《かこく》な旅をしていたということなんでしょうけど。

此経　あんまり美しいので、ここで旅のけじめをつけようと思われたところがあったでしょう？　ポルトガルの端っこの何という岬《みさき》でしたっけ？

沢木　サグレスです。深夜着いて、老母と息子がやっているいいホテルで、安く泊めてくれて、一夜明けてガラッと窓をあけたら、前に美しい海。それでオーケー、と思った。ユーラシアの東の端から西の端まできて、これで完了にしようとすんなり思ったんです。いまもういちど行ったりしたら、美しくもなんともない、ただの岬がありました、ということになってしまうかもしれないですけどね。

此経　最初の印象が何回も甦《よみがえ》ってほしいとは思うけど、長く居つづけると甦ってこなくなる。だから、初めてインドにやってきた旅人に、カルカッタはどうでした、なんて訊《き》くんですよ、老人みたいに。そして、その人がいろいろに言ってくれることを聞きながら、自分の記憶をたぐったりするんです。

沢木 喋《しゃべ》ってくれます？

此経 詩人だからね、旅人はみんな。

沢木 ホームシックはありました？

此経 ホームシックねぇ……。

沢木 僕は、いつでも、帰りたいと思っていたような気がしますね。旅している間、忘れている時もあるんだけど。

此経 そういえば、夜空を見上げていると、デリーからカルカッタやバンコクに向かう飛行機の灯《あかり》がちらちら見えてね、帰りたいなあ……。

沢木 あれ？ バンコクに行く飛行機、ブッダガヤを通りましたっけ？

此経 通らないかな（笑）。

沢木 此経さんが日本へ帰られたのは、どういうことからですか？

此経 十年くらいはいるつもりだったんだけど、物理的なことで七年で帰ったんです。おふくろが具合が悪いという手紙がきてね。もっとも、その前からけじめはつけなくちゃ、と思ってはいた。マガダ大学の給料は微々たるもので、ガイドをやらないか、なんて話もあり、やりたくない、と思う一方で、そういうものもやらなきゃいけないな、という思いがあったりして。貪欲《どんよく》にインドに居続けて、この国に負けないようにしたい、と思っていたんだけど……。

沢木 日本に帰ってきてからも、インドへ何度か行ってますよね。

此経 一昨年が二回、その前の年にもいって、去年だけいかなかった。

沢木 僕は、次に長い旅をするんだったら、異国のひとつの場所にずっととどまっていたいな、と思ってるんです。素朴《そぼく》に冒険大活劇調の旅をしたいとも思うけれど、どこかで此経さんのような異国での在り方に憧れているところがあるのかもしれません。日本から出て、流れていくといった旅のよくないところは、戻ってきた東京すらも定点じゃなく、通過点みたいな気がする瞬間があることですね。

此経 いまの僕は、日本、というより東京とインドとの三角関係で生きている感じです。

沢木 三角関係を楽しんでいらっしゃる（笑）。

此経 いやいや、いま自分はヤバイかな、と思っているんです。出入りする活力を失いつつあるような気がしてね。

沢木 確かに、出入りする活力だけは失いたくないですね。

仏陀《ブッダ》のラーメン

食物に関する好き嫌いはほとんどない。これさえあれば他に何もいらないという物もないかわりに、食卓に出されて手をつけかねるといった物もない。腹が空《す》いていれば何でもおいしく感じられるはずだというごく旧式な信条の持主であり、しかもいつでも腹は空いているから常に食べる物がおいしいということになる。

だから「味」については何かを述べる資格もないし、またその勇気もない。友人が、若いわりにさまざまな「味」について一言も二言も持っているのを知ると、なかば感心しなかば呆《あき》れつつ御説を拝聴しているばかりなのである。誰がどんな新説、奇説、怪説を述べようと比較的おとなしく聞いているのだが、しかし、中にはできることならあまり耳にしたくないセリフというものもないではない。

ドコソコのナントカ屋のナニナニはとてもうまい、というのは構わない。それは個人の嗜好《しこう》の領域に属する問題であり、時にはその感動の表白であるからだ。やりきれないのは、ナニナニはドコソコのナントカ屋でなければならぬ、といった類《たぐ》いのものいいである。そういったセリフを聞くと、へえそうですか、それは結構でした、せいぜいナントカ屋以外の店でナニナニを食べないようにしてやってください、というような一言をさしはさみたくなる。世の中には自分の知らぬ世界があり、自分よりはるかに経験をつんだ凄《すご》い人物がいるはずだという、いわば世間に対する畏怖《いふ》の念を喪失してしまったこのような横柄なものいいには、子供の頃よく使った「知ったかぶりで」という半畳《はんじょう》を入れてみたくなるのだ。

もちろん、私にだって食物との感動的な出会いがなかったわけではない。ただ、それがドコソコのナントカ屋のナニナニという形をとらなかっただけのことだ。もし私が、最も印象的な「食物との遭遇」の経験を挙げよといわれれば、一も二もなくラーメンとの遭遇と答えるだろう。Cup Noodle《カップヌードル》という名の即席ラーメンとの遭遇、と。

日本を離れユーラシア大陸の外縁を大した目的もなくうろついていた一時期、しばしばというのではなかったが、私にも日本の食物を恋しく思うことがあった。しかし意外なことに、そこで思い浮かべる食物といえば、鮨、天麩羅《てんぷら》、すきやき、うなぎ、味噌汁、漬物といった、いわゆる日本風の物ではなかった。たとえば、インドを歩いていた時、私が痛切に食べたいと望んでいたもののひとつは、カレーだった。カレーの本場であるインドで、私は日本のカレーを恋しく思っていたのだ。

インドでは、地方によってかなりの差異はあったが、どこの土地の料理もそれなりにおいしいものだった。米が冷たくポロポロだということを除けば、どんな田舎の、たとえ四本の柱と屋根だけしかないような食堂のカレーでも、私には満足だった。ただ、そのインドのカレーは、カレーであってカレーでなかった。私には、大量の香料を使った野菜煮込み汁とでもいうべきものでしかなかった。あの、日本の、温かい御飯の上にかける、とろりとしたカレーではなかったのだ。インドのカレーを食べつつ、そしてそれに深く満足しつつ、しかし同時に、日本に帰化した外国料理としてのカレーをたまらなくなつかしく思っていた。

インドで、カレーと同じように、あるいはそれ以上に食べたかった物に、ラーメンがあった。私は、そのラーメンと、インドのブッダガヤでかなり劇的に遭遇したのだ。ブッダガヤで知り合った此経啓助《これつねけいすけ》さんと、サマンバヤのアシュラムで生活を共にし、やがて子供たちと別れ、再びブッダガヤに戻ってきた時のことだった。此経さんはビルマ寺に、私は日本寺に転がり込み、またのんびりとした生活が始まりそうだった。

アシュラムでの生活は信じられないくらいに牧歌的なものだったが、そこから再びブッダガヤに戻ってきた時、ホッとしたことも確かであった。子供たちの中で、子供たちと同じように働き、子供たちと同じ物を食べる。それに不満があるはずもなかったが、どこかで無理をしていたのかもしれない。

不意に何もすることがない日常に連れ戻されてしまった此経さんと私は、ある日、日本寺の縁側に寝そべりながら、言葉もなく空を見上げていた。

「あーあ」

と此経さんが溜息《ためいき》をついた。

「あーあ」

と私も溜息をついた。此経さんがどんな哲学的な煩悶《はんもん》によって溜息をついたのかはわからなかったが、私はごくつまらないことで溜息をついていたのである。私は溜息につづいてそのつまらない「煩悶」をいささか恥入りつつ口に出した。

「ラーメンが喰いてえ」

すると此経さんが頓狂《とんきょう》な声を挙げた。

「ほんと！　ぼくもまったく同じことを考えてたんだ」

味噌ラーメンとか塩ラーメンとかいうのではなく、オーソドックスな醬油味のラーメンが食べたかった。

あるいはその夕方の勤行《ごんぎょう》の時、私は般若心経《はんにゃしんぎょう》をとなえながらよほど一心にラーメン、ラーメンと念じつづけていたのかもしれない。日本寺にやっかいになる以上、朝と夕のおつとめには参加しないわけにはいかないのだが、私は義務という以上に真面目にお経をあげていた。その功徳《くどく》であったのだろう、翌日、此経さんが日本寺に駆け込んできて、叫んだ。

「ラーメン！」

見れば手に円筒の白い容器がある。聞けば、サマンバヤのアシュラムへ一緒に行った農大生が、もう日本に帰るばかりだからとひとつ分けてくれたのだという。二人は喜びいさんでビルマ寺の此経さんの部屋に戻り、調理にかかった。Cup Noodleと書かれた容器を大事そうにテーブルに置き、火をおこした。日本からはるばるやってきた麵に、ヒマラヤ山中から流れついたに違いない水をわかした湯を注ぎ、インドの大地に育った青菜を加え、土鍋でしばし煮た。かくして大調理の果てに、二つの椀にはわずかだがラーメンらしきものが盛られることになったのである。二人は言葉も発せず、ゆっくりと、おしみおしみそれを食べた。

それにしても、私たち、少なくとも私にとって、異国にあってなつかしく思い起こす食物が、いわゆる純日本風の物ではなく、無国籍風の、帰化した外国料理であったということは、かなり象徴的な現象であるに違いない。カレーやラーメンの中にこそ私たちの日本食が存在するとすれば、それは単に食物ばかりでなく、文化一般についても当てはまるのではないか……とここまで書いてきて、このささやかな発見もすでにどこかで誰かがいっていたような不吉な予感がしはじめてきた。思いついて、小田実の『何でも見てやろう』の最終章を読み返してみると、案の定こう書いてある。

《何を食ってもうまくないアメリカで私が恋しく思ったのは、スシやナメコのミソ汁ではなくて、東京のビフテキであり海老フライでありサラダであり、もう一つ言えば、ラーメンであった》

すでに二十年前に気がつき、そこからひとつの文化論を展開した人がいたのだ。「知ったかぶり」でオソマツな日本文化論などひけらかすのはやめた方がよさそうだ。「知ったかぶり」は食談ばかりでなく何事につけ、格好がよくないものなのだ。

しかし、とにかく、あの時の即席ラーメンがおいしかったことだけは確かである。

最近、ビザの都合で一時帰国し、少年との生活記録を『アショカとの旅』という印象深い本にまとめたばかりの此経さんと、東京で再び会うことができた。

此経さんは、うなぎ屋というごく日本的な食物屋に居候《いそうろう》を決めこんでいたが、そこ

の御主人の日本食をごちそうになり、日本酒を呑《の》みつつ、二人で声をそろえて叫んだのは、

「あのカップ・ヌードルほどうまいものはなかったなあ」

という、かなり罰当たりなセリフだった。

（79・12）

この作品は、一九八六年五月新潮社より刊行された『深夜特急　第二便』の前半部分です。

沢木耕太郎著
旅する力
―深夜特急ノート―

バックパッカーのバイブル『深夜特急』誕生前夜、若き著者を旅へ駆り立てたのは。16年を経て語られる意外な物語、〈旅〉論の集大成。

沢木耕太郎著
人の砂漠

一体のミイラと英語まじりのノートを残して餓死した老女を探る「おばあさんが死んだ」等、社会の片隅に生きる人々をみつめたルポ。

沢木耕太郎著
一瞬の夏（上・下）

非運の天才ボクサーの再起に自らの人生を賭けた男たちのドラマを〝私ノンフィクション〟の手法で描く第一回新田次郎文学賞受賞作。

沢木耕太郎著
バーボン・ストリート
講談社エッセイ賞受賞

ニュージャーナリズムの旗手が、バーボングラスを傾けながら贈るスポーツ、贅沢、賭け事、映画などについての珠玉のエッセイ15編。

沢木耕太郎著
チェーン・スモーキング

古書店で、公衆電話で、深夜のタクシーで――同時代人の息遣いを伝えるエピソードの連鎖が、極上の短篇小説を思わせるエッセイ15篇。

沢木耕太郎著
ポーカー・フェース

これぞエッセイ、知らぬ間に意外な場所へと運ばれる語りの芳醇に酔う13篇。鮨屋の大将の教え、酒場の粋からバカラの華まで――。

沢木耕太郎著

オリンピア1936

ナチスの森で

ナチスが威信をかけて演出した異形の1936年ベルリン大会。そのキーマンたちによる貴重な証言で実像に迫ったノンフィクション。

沢木耕太郎著

オリンピア1996

冠《コロナ》〈廃墟の光〉

スポンサーとテレビ局に乗っ取られたアトランタ五輪。岐路に立つ近代オリンピックの「滅びの始まり」を看破した最前線レポート。

垣谷美雨著

ニュータウンは黄昏れて

娘が資産家と婚約!? バブル崩壊で住宅ローン地獄に陥った織部家に、人生逆転の好機到来。一気読み必至の社会派エンタメ傑作！

垣谷美雨著

女たちの避難所

絆を盾に段ボールの仕切りも使わせぬ避難所が、現実にあった。男たちの横暴に、怒れる三人の女が立ち上がる。衝撃の震災小説！

垣谷美雨著

うちの子が結婚しないので

老後の心配より先に、私たちにはやることがある――さがせ、娘の結婚相手！ 社会派エンタメ小説の旗手が描く親婚活サバイバル！

D・キーン
松宮史朗訳

思い出の作家たち
―谷崎・川端・三島・安部・司馬―

日本文学を世界文学の域まで高からしめた文学研究者による、超一級の文学論にして追憶の書。現代日本文学の入門書としても好適。

奥野修司著

魂でもいいから、そばにいて
―3・11後の霊体験を聞く―

誰にも言えなかった。でも誰かに伝えたかった――。家族を突然失った人々に起きた奇跡を丹念に拾い集めた感動のドキュメンタリー。

「週刊新潮」編集部編

黒い報告書

いつの世も男女を惑わすのは色と欲。城山三郎、水上勉、重松清、岩井志麻子ら著名作家が描いてきた「週刊新潮」の名物連載傑作選。

「週刊新潮」編集部編

黒い報告書 エロチカ

愛と欲に堕ちていく男と女の末路――。実在の事件を読み物化した「週刊新潮」の名物連載から、特に官能的な作品を収録した傑作選。

「週刊新潮」編集部編

黒い報告書 エクスタシー

「週刊新潮」の人気連載が一冊に。男と女の欲望が引き起こした実際の事件を元に、官能シーンたっぷりに描かれるレポート全16編。

加藤陽子著

それでも、日本人は「戦争」を選んだ
小林秀雄賞受賞

日清戦争から太平洋戦争まで多大な犠牲を払い列強に挑んだ日本。開戦の論理を繰り返し正当化したものは何か。白熱の近現代史講義。

城戸久枝著

あの戦争から遠く離れて
―私につながる歴史をたどる旅―
大宅壮一ノンフィクション賞ほか受賞

二十一歳の私は中国へ旅立った。戦争孤児だった父の半生を知るために。圧倒的評価でノンフィクション賞三冠に輝いた不朽の傑作。

須賀敦子著

トリエステの坂道

夜の空港、雨あがりの教会、ギリシア映画の男たち……、追憶の一かけらが、ミラノで共に生きた家族の賑やかな記憶を燃え立たせる。

須賀敦子著

地図のない道

私をヴェネツィアに誘ったのは、一冊の本だった。イタリアを愛し、本に愛された著者が、水の都に刻まれた記憶を辿る最後の作品集。

押川剛著

「子供を殺してください」という親たち

妄想、妄言、暴力……息子や娘がモンスター化した事例を分析することで育児や教育、そして対策を検討する衝撃のノンフィクション。

押川剛著

子供の死を祈る親たち

刃物を振り回し親を支配下におく息子、薬と性具に狂う娘……。親の一言が子の心を潰す。現代日本の抱える闇を鋭く抉る衝撃の一冊。

遠藤周作著

人生の踏絵

もっと、人生を強く抱きしめなさい——。不朽の名作『沈黙』創作秘話をはじめ、文学と宗教、人生の奥深さを縦横に語った名講演録。

NHKスペシャル取材班著

未解決事件
グリコ・森永事件
捜査員300人の証言

警察はなぜ敗北したのか。元捜査関係者たちが重い口を開く。無念の証言と極秘資料をもとに、史上空前の劇場型犯罪の深層に迫る。

小倉美恵子著

オオカミの護符

「オイヌさま」に導かれて、謎解きの旅へ——川崎市の農家で目にした一枚の護符を手がかりに、山岳信仰の世界に触れる名著！

井上理津子著

さいごの色街　飛田

今なお遊郭の名残りを留める大阪・飛田。この街で生きる人々を十二年の長きに亘り取材したルポルタージュの傑作。待望の文庫化。

井上理津子著

葬送の仕事師たち

「死」の現場に立ち続けるプロたちの思いとは。光があたることのなかった仕事を描破し読者の感動を呼んだルポルタージュの傑作。

山本周五郎著

大《おお》炊《いの》介《すけ》始末

自分の出生の秘密を知った大炊介が、狂態を装って父に憎まれようとする姿を描く「大炊介始末」のほか、「よじょう」等、全10編を収録。

山本周五郎著

日日平安

橋本左内の最期を描いた「城中の霜」、武士のまごころを描く「水戸梅譜」、お家騒動をユーモラスにとらえた「日日平安」など、全11編。

山本周五郎著

虚空遍歴（上・下）

侍の身分を捨て、芸道を究めるために一生を賭けて悔いることのなかった中藤冲也——苛酷な運命を生きる真の芸術家の姿を描き出す。

山本周五郎著

おさん

純真な心を持ちながら男から男へわたらずにはいられないおさん――可愛いおんなであるがゆえの宿命の哀しさを描く表題作など10編。

山本周五郎著

おごそかな渇き

〝現代の聖書〟として世に問うべき構想を練った絶筆「おごそかな渇き」など、人生の真実を求めてさすらう庶民の哀歓を謳った10編。

山本周五郎著

つゆのひぬま

娼家に働く女の一途なまごころに、虐げられた不信の心が打負かされる姿を感動的に描いた人間讃歌「つゆのひぬま」等9編を収める。

山本周五郎著

ひとごろし

藩一番の臆病者といわれた若侍が、奇想天外な方法で果した上意討ち！　他に〝無償の奉仕〟を描く「裏の木戸はあいている」等9編。

山本周五郎著

松風の門

幼い頃、剣術の仕合で誤って幼君の右眼を失明させてしまった家臣の峻烈な生きざまを描いた「松風の門」。ほかに「釣忍」など12編。

山本周五郎著

ちいさこべ

江戸の大火ですべてを失いながら、みなしご達の面倒まで引き受けて再建に奮闘する大工の若棟梁の心意気を描いた表題作など4編。

山本周五郎著
縦ノ木は残った
毎日出版文化賞受賞（上・中・下）

仙台藩主・伊達綱宗の逼塞。藩士四名の暗殺と幕府の罠――。伊達騒動で暗躍した原田甲斐の人間味溢れる肖像を描き出した歴史長編。

山本周五郎著
さぶ

職人仲間のさぶと栄二。濡れ衣を着せられ捨鉢になる栄二を、さぶは忍耐強く支える。友情を通じて人間のあるべき姿を描く時代長編。

山本周五郎著
赤ひげ診療譚

貧しい者への深き愛情から〝赤ひげ〟と慕われる、小石川養生所の新出去定。見習医師との魂のふれあいを描く医療小説の最高傑作。

山本周五郎著
日本婦道記

厳しい武家の定めの中で、愛する人のために生き抜いた女性たちの清々しいまでの強靭さと、凜然たる美しさや哀しさが溢れる31編。

山本周五郎著
ながい坂（上・下）

人生は、長い坂。重い荷を背負い、一歩一歩、確かめながら上るのみ――。一人の男の孤独で厳しい半生を描く、周五郎文学の到達点。

山本周五郎著
周五郎少年文庫
臆病一番首
―時代小説集―

合戦が終わるまで怯えて身を隠している「違う方の」本多平八郎の奮起を描く表題作等、少年向け時代小説に新発見2編を加えた21編。

小澤征爾
村上春樹 著

小澤征爾さんと、音楽について話をする

小林秀雄賞受賞

音楽を聴くって、なんて素晴らしいんだろう……世界で活躍する指揮者と小説家が、「良き音楽」をめぐって、すべてを語り尽くす！

川上未映子
村上春樹 著

みみずくは黄昏に飛びたつ

川上未映子 訊く／村上春樹 語る

作家川上未映子が、すべての村上作品を読み直し、「村上春樹」の最深部に鋭く迫る。13時間に及ぶ、比類なきロングインタビュー！

森下典子 著

日日是好日

—「お茶」が教えてくれた15のしあわせ—

五感で季節を味わう喜び、いま自分が生きている満足感、人生の時間の奥深さ……。「お茶」に出会って知った、発見と感動の体験記。

花房観音 著

花びらめくり

一片、また一篇。めくるたび、艶やかに欲情が溢れ出す——。団鬼六賞受賞作家が「名作」に感応し紡いだ、五つの官能ものがたり。

花房観音 著

くちびる遊び

唇から溢れる、悦びの吐息と本能の滴り。団鬼六賞作家が『舞姫』『人間椅子』など名作に感応し描く、文庫オリジナル官能短編集。

花房観音 著

うかれ女島

売春島の娼婦だった母親が死んだ。遺されたメモには四人の女の名前。息子は女たちの秘密を探り島へ発つ。衝撃の売春島サスペンス。

蓮實重彦著
伯爵夫人
三島由紀夫賞受賞
瞠目のポルノグラフィーか全体主義への不穏な警告か。戦時下帝都、謎の女性と青年の性と闘争の通過儀礼を描く文学界騒然の問題作。

新田次郎著
アラスカ物語
十五歳で日本を脱出、アラスカにわたり、エスキモーの女性と結婚。飢餓から一族を救出して救世主と仰がれたフランク安田の生涯。

新田次郎著
銀嶺の人（上・下）
仕事を持ちながら岩壁登攀に青春を賭け、女性では世界で初めてマッターホルン北壁完登を成しとげた二人の実在人物をモデルに描く。

新田次郎著
アイガー北壁・気象遭難
千八百メートルの巨大な垂直の壁に挑んだ二人の日本人登山家を実名小説として描く「アイガー北壁」をはじめ、山岳短編14編を収録。

新田次郎著
八甲田山死の彷徨
全行程を踏破した弘前三十一聯隊と、一九九名の死者を出した青森五聯隊——日露戦争前夜、厳寒の八甲田山中での自然と人間の闘い。

稲垣栄洋著
一晩置いたカレーはなぜおいしいのか
—食材と料理のサイエンス—
カレーやチャーハン、ざるそば、お好み焼きなど身近な料理に隠された「おいしさの秘密」を、食材を手掛かりに科学的に解き明かす。

深《しん》夜《や》特《とっ》急《きゅう》3
—インド・ネパール—

新潮文庫　さ - 7 - 53

平成六年四月二十五日　発行
令和元年八月二十日　六十五刷
令和二年八月一日　新版発行
令和四年七月二十五日　三刷

著者　沢《さわ》木《き》耕《こう》太《た》郎《ろう》

発行者　佐藤隆信

発行所　株式会社新潮社

郵便番号　一六二―八七一一
東京都新宿区矢来町七一
電話　編集部(〇三)三二六六―五四四〇
読者係(〇三)三二六六―五一一一
https://www.shinchosha.co.jp

価格はカバーに表示してあります。

乱丁・落丁本は、ご面倒ですが小社読者係宛ご送付ください。送料小社負担にてお取替えいたします。

印刷・株式会社光邦　製本・株式会社大進堂

ISBN978-4-10-123530-1 C0126